異世界姉妹と始める領地経営

Isekai Shimai To Hajimeru Ryouchikeiei

Isekai Shimai To Hajimeru Ryouchikeiei

目次

プロローグ

「身の程を知れ。庶子ごときが次期当主候補になれると思っているのか！」

切っ掛けがなんだったのかはもはや思い出せない。

物心がついた頃はそれなりに兄弟として接してもらっていた記憶がある。それがいつしか口を利いてもらえなくなり、いまでは日常的に嫌がらせを受けるようになった。

僕の名はアレン。

ウィスタリア伯爵家の次男坊として生を享《う》け、もうすぐ十六年になる。

伯爵家の次男であれば、次期当主となるであろう兄の補佐としてどこかの町を治めたり、実家のためにどこかの家に婿入りをするのが一般的だ。

だけど、さきほどのセリフからも分かるように、兄上は僕を嫌っている。だから補佐にすることはあり得ない。政略結婚の道具にされる可能性はあるけれど——

そこまで考えた瞬間、激しい頭痛に見舞われた。

「――なんだ、その反抗的な目は」

肩をドンと押された俺はよろめいて、深い絨毯の上に尻餅をついた。

「身の程を知れと何度も教えてやったはずだ。庶子であるおまえを弟などと思ったことはない。俺が当主になった暁には、おまえをこの家から追放してやるから覚悟しておくことだ」

兄上は吐き捨てるように言い放ち、肩を怒らせて立ち去っていく。庶子であるというレッテルを貼られている俺は、次期当主として期待される兄上の後ろ姿を見送ることしか出来ない。

情けなくなって下を向く、俺の視界に小さな影が差した。

「兄さん、兄さん、そんなところに座り込んでどうしたの？」

見上げた先、コテリと小首を傾《かし》げているのは天使のように愛らしい少女。兄上に虐げられているなんて知られたくなくて、俺はエリスに向かってなんでもないと嘘を吐《つ》いた。

「そうなの？　だったら私と一緒に遊ぼうよぅ」

「……やだよ」

いまはそんな気分じゃないと拒絶する。その瞬間、エリスがしょんぼりするのを見て少しだけ罪悪感を抱く。けれど次の瞬間、彼女は俺の手を摑《つか》んでいた。

「そんなこと言わないで遊ぼうよぅ。ここに居たって楽しいことなんてないでしょ？」

「……遊ぶっていっても、なにをして遊ぶんだよ？」

エリスはパチクリと瞬いて、頬に指を添えて首を傾げた。考えてなかったのかよというツッコミが喉元まで込み上げるが、それより先にエリスが「そうだ」と声を上げた。

「私、バームクーヘンが食べたいな」

「……は？　バームクーヘン？　それなら、料理長に作ってもらえば良いだろ？」

「うぅん。私、兄さんが焼いたバームクーヘンが食べたいのっ！」

「なんで俺が焼くんだよ。って言うか、どうやって焼くんだよ」

バームクーヘンには何重にも層がある。どう考えても手間が掛かること請け合いだ。

「ん～、分かんない」

「……おい」

今度はたまらずツッコミを入れてしまう。

「分かんないから、一緒に厨房に行って聞いてみようよ！」

エリスは無邪気に笑って俺の腕をぐいぐいと引き始める。

「お、おい、ちょっと待てって――」

「良いから良いから、とにかく行ってみよっ」

「あぁもう、仕方ないなっ！」

腕を引かれるままに立ち上がり、前を向いて歩き始める。自由奔放なエリスに振り回される俺は、いつの間にか落ち込んでいたことを忘れてしまっていた。

――それから時は流れ、兄上が当主になると俺は追放された。

政略結婚でどこかに婿入りしても顔を合わせなくなるのは同じなのに、あえて追放という手段を選んだ。兄上はよほど俺を嫌っていたのだろう。

屋敷を追われた俺は、なぜか後を追い掛けてきたエリスと共に冒険者となった。貴族の嗜《たしな》みとして身に付けた剣術や知識を生かして、少しずつ成り上がっていった。

苦労の連続だったけれど、二人での生活は決して悪くなかった。

だけど、そんな幸せも長くは続かない。俺の下《もと》に暗殺者が差し向けられた。差し向けたのは他の誰でもない兄上だと、暗殺者の一人がその事実をほのめかす。

「なぜだ。なぜ俺達を放っておいてくれない！」

心の底から叫び、剣を振るい続ける。そうして全ての敵を打ち倒して膝からくずおれた、俺に再び立ち上がる力は残っていなかった。


「――っ」

我に返った僕は、自分がまた白昼夢を見ていたことを理解する。ここ最近は頻繁に見るようになった白昼夢。今回はいままでで一番鮮明な夢だった。

「おい、アレン。俺の話を聞いているのか！」

「……え、兄上？」

「――ちっ、もういい。おまえと話しているだけ時間の無駄だ。おまえみたいな無能は、俺が当主になったら追放してやるから覚悟しておけ！」

ロイド兄上はそう吐き捨て、肩を怒らせ立ち去っていく。兄上の嫌がらせはいつもより控えめだったけど、僕の心臓は早鐘のように鳴っている。

白昼夢は、ロイド兄上に虐《いじ》められたストレスが見せる幻のようなものだと思っていたけど、今日の白昼夢はいままでと違った。いつものように虐められるだけではなく、当主になった兄上に追放され、あまつさえ暗殺者まで差し向けられた。

「……もしかしたら、ただの夢じゃ……ない？」

まるで本当にあった出来事のように、凄く凄くリアルな感覚だった。

とはいえ、現実と食い違っている部分もある。

たとえば、兄上は現実よりも大人びていたし、高飛車な義理の姉はいても、エリスという妹はいない。まるでいまではなく、未来の自分を見せられたようだ。

僕が見ていたのはもしかして予知夢……なのか？

そんな能力は聞いたことがないけれど、予知夢と思ってしまうほどにリアルだった。それに予知夢かどうかは別として、決してあり得ない未来じゃない。

少なくともロイド兄上は夢の中と同じように、当主になったら僕を追放するといつも言っている。

実際に追放される可能性は高いし、暗殺される可能性だって否定できない。

だけど……どうしたら良い？　あの夢を現実にしないためには、ロイド兄上が当主になることを阻止するのが一番だけど、当主はロイド兄上が継ぐと決まっている。

いまの僕に、夢の結末から逃げる方法は思いつかない。


どうして良いか分からないまま数日が経ったある日、父上に呼び出された。

僕は鋭い雰囲気を纏《まと》う父上が苦手だ。下を向いてかしこまる僕に向かって鼻を鳴らすと、父上は話というのは他でもないと切り出した。

「アレン。おまえに異論がなければ、今日このときをもっておまえを継承権候補から外す」

「父、上……いま、なんと？」

声を震わせた僕に、父——ウィスタリア伯爵家当主はため息をついた。

「おまえを後継者候補から外すと言ったのだ」

繰り返された言葉に血の気が引くのを感じる。以前から分かっていたことだけど、あらためて宣言されたことで、夢の光景が押し寄せてくるような錯覚を抱いた。

次の瞬間、僕は再び白昼夢を見た。

——いや、白昼夢なんて生やさしい代物じゃない。貴族の家に赤ん坊として生を享け、当主となった兄上に暗殺されてしまった。メレディスという男の一生——いや、失われた記憶が自己主張を始め、自分が塗り替えられるような恐怖を覚える。

歯を食いしばって自分を繋ぎ止めるなか、僕の記憶と――俺の記憶が混じり合っていく。

メレディスとして生きた俺が生まれ変わり、かつての記憶を失った僕がアレンとして生まれ育った。そしていまこの瞬間、前世の記憶を取り戻した――と、そういう風に理解する。

俺が自分を取り戻した直後、真っ赤な絨毯が視界に飛び込んでくる。

――あぁ、そうだ。

俺は父に呼ばれて、次期当主候補から外すと言われたんだ。

「アレン、異論はないかと聞いているのだ」

「――異論は、異論はございます」

姿形や性格、俺との関係。ロイド兄上は前世の兄上とあまりに似ている。

このままじゃ前世と同じ道を歩んでしまう。ロイド兄上が当主になったら追放されるのは確実で、暗殺されるという結末も十二分にあり得る未来だ。

「……ほう。異論があると申すのか？」

生意気なという声が聞こえて来そうな表情を浮かべ、殺気に近い圧力をぶつけてくる。

俺は生唾を呑み込み、逃げたい気持ちを抑え込んだ。前世の記憶を取り戻す前の自分なら逃げ出していただろう。けど、逃げた先に待っているのは最悪の結末。

あんな目に遭うくらいならとプレッシャーを撥《は》ね除《の》け、異論はあると繰り返した。その瞬間、父上の目がギラリと輝いたことにも俺は気付かない。

「異論がある、か。面白い。どうしたいのか言ってみろ」

「俺にチャンスをください」

「……ふっ、良いだろう」

「俺は側室の子供ですが、必ず兄よりも次期当主に相応《ふさわ》しいと証明してみます。だから、どうか俺にチャンスをください」

「だから、構わぬと言っている」

「……え？」

チャンスをもぎ取ろうと必死だった俺は、父上の言葉をすぐには理解できなかった。何度かそれを反芻《はんすう》して、ようやくチャンスをもらえたのだということを理解した。

「よ、よろしいのですか？」

「最初に言ったであろう。おまえに異論がなければ後継者候補から外す、と。後継者の座を勝ち取る気概のない者に伯爵家の当主は務まらぬ」

「で、ですが、俺は側室の、それも次男です」

「わしは生まれや身分、性別で実力を測ったりはせぬ。次期当主に必要なのは、どのような手段をもちいようとも、ウィスタリア伯爵家を繁栄させる実力だ」

どうやら試されたらしい。

もう少し早く記憶を取り戻していればもっと上手く立ち回れたはずだが……逆にいまより少しで

も遅かったら取り返しのつかない状況に陥っていた。

予断を許さない状況だが、最悪の展開だけは阻止できたと見るべきだろう。

「しかし、おまえは最初から諦めている風だったはずだが、なにか心変わりがあったのか？」

「そう、ですね。そんなところです」

「……急に雰囲気が変わったのもそれが原因か？」

見透かされているような視線に晒《さら》されてドキッとする。

心変わりというか、前世の記憶を取り戻して性格そのものが変わったと言えるのだが……さすがに後継者候補から外されそうなことを口にするつもりはない。

「ふむ。まあ理由はなんでもよい。おまえに最初の試練を与える。デビュタントを自らの力で開催し、見事に自分の価値を証明して見せろ」

デビュタントとは十六歳でおこなうお披露目パーティーのことだ。そのパーティーの規模や華やかさ、それに力の入れようなどから、周囲はその者の立場や将来を見極める。

ゆえに、デビュタントは将来を占う重要なイベントとなっている。それを成功させ、周囲に次期当主は自分だと主張して見せろと言うことらしい。

「承りました。必ずや最高のデビュタントを開催して見せます。……ちなみに、最初の試練と言うことは、次の試練もあるんですよね？　先に聞いても構いませんか？」

「むろんだ。デビュタントを成功させれば次は町の代官となってもらう。候補達の中で、もっとも才覚を見せつけた者を次期当主に任命する」

「……なるほど。兄が町を任されていたのはそういう理由でしたか」

町を任されている兄が、それを理由に自分が次期当主に目されていると主張していた。

だからこそ、俺はロイド兄上が次期当主を内定されているのだと思い込んでいたのだが……なんだ。たんに試験の一環で町の統治を任されていただけじゃないか。

それなのに、以前の俺はそんなことにも気付かず、兄上の言葉を鵜呑《うの》みにして負け犬に成り下がっていた。兄上の言動が俺を蹴落とすための策だとしたら、すっかりしてやられた。

ずっと腐っていた俺の評価は、ウィスタリア伯爵家の中でも高くないだろう。

そのうえ、俺は兄上よりもスタートが二年遅れていることになる。横暴な兄上を嫌う者はいそうだが、そういった人間は要領の良い姉上の味方をするだろう。性別でも差別しないと言うことは、姉も次期当主候補に入っているはずだからな。

ハッキリ言って、ここからの逆転は難しい。

だが、出来るか出来ないかじゃない。やるしかないのだ。

ゆえに、これ以上の泣き言は必要ない。

状況は最悪だけど、俺がそれに気付けたのは前世の記憶を取り戻したからだ。いまの俺は、さっきまでの僕よりも確実に成長している。

この記憶を武器に、必ず兄上や姉上を出し抜いて、次期当主の座を手に入れてみせる。

デビュタント

1

デビュタントを華々しく成功させる。

言葉にすれば簡単だが、それを実行するのは非常に難しい。なぜなら、貴族の子供——その中でも有力な貴族の子供だけでも、毎年多くのデビュタントが開催されているからだ。

当然、それら全てが趣向を凝らしたものとなっている。その中で華々しいデビューを飾るには、他を圧倒するほどの特別ななにかが必要になる。

ちなみに兄上はウィスタリア伯爵家の財力に飽かせることで、次期当主候補と目されているがゆえに、親がデビュタントに力を入れているとの印象づけに成功したらしい。

俺も望めば同程度の資金を使うことは出来るそうだが……兄上のマネをしたからといって、次男である俺が評価されるかは微妙だ。

なにより、有力な当主候補という印象づけが成功しても、個人的な実力を示すことが出来なければ、自分と友好を結ぼうとする貴族が現れるかは微妙なところだ。

そう考えると、俺に味方にしたくなるようななにか――つまりは、俺と付き合うことで旨味を得られると思わせるようななにかを見せつけたい。

実際のところ、前世の俺が暮らしていた国は、魔術や様々な技術がこの国より発展していたので、有益そうな技術にはいくつか心当たりがある。

問題は、デビュタントまで三ヶ月ほどしかないと言うことだろう。

農業のノウハウも、魔導具の構想も、三ヶ月やそこらでは形をなさない。町の管理を任された際には役に立つが、デビュタントには間に合わない。

なぜそんなにギリギリに教えるのかと父上を恨んだが、いつか来るチャンスのために己を磨くこと程度が出来なければ当主の器たり得ない――なんて言われたら反論できない。

どうしたものかと部屋で考えていると、不意に扉がノックされた。俺の返事を聞いて姿を現したのは、俺より少し年上くらいの青年だった。

サラサラの黒髪に、意志の強い黒い瞳。立ち居振る舞いは洗練されていて、さぞかし女性にもてるだろうといった物腰。そんな美青年がおもむろに口を開いた。

「おまえのお目付役兼相談役に選ばれたレナードだ。所属はあくまでご当主なので、いまのおまえに仕えるつもりはない。そこのところ、勘違いしないようにしてもらおうか」

副音声どころか、堂々とおまえに仕えるつもりはないと宣言している。そのあまりと言えばあまりの物言いに呆気にとられてしまった。

「なんだ、アレン。なにかご不満でもあるのか？　不満があるのなら、いまここで俺に言ってみろ。それとも、後で父上に泣きつくか？」

父上に泣きつくなんて恐ろしくて出来るはずがない。波風を立てないように不満はないと、以前の俺なら泣き寝入りしていただろう。

だが――

「不満はないな。むろん、父上に泣きつく必要もない」

「……ほう？　泣きつくつもりがない、ではなく、必要もない、か。あえてそんな言葉を選んだ理由を聞かせてもらおうか？」

「簡単なことだ。父上が最低限の礼儀も知らない無能を部下にしているはずがないだろう？」

俺を気に入らないのだとしても、取り繕う程度も出来ない部下がいるとは思えない。それなのにこの態度なのは、取り繕う必要がないからだ。

「そもそも、〝いまのおまえ〟なんて分かりやす過ぎるだろ。親切なことだな」

父上の試験と同じ、もしくはその一環。いまのおまえでは役不足だから、自分に仕えて欲しければそれ相応の価値を示してみろという挑発に違いない。

「……ふむ。毒にも薬にもならない気弱な子供だと聞いていたが……そうでもないようだな」

「俺に仕える気になったか？」

「ぬかせ。その程度で仕える気になるはずがあるものか。俺に仕えて欲しければ、もっと当主に相応しいところを見せるんだな」

どうやら、即落第ではなく、いまは保留程度の評価に上がったらしい。

そんな言葉の裏に隠された意味は読み取ったが、当主候補としては言われっぱなしでいる訳にもいかないだろう。そう思ったから、俺はニヤリと笑う。

「レナード、おまえもいまのうちに俺が治める町の情報を集めておけよ？　いざ俺に仕えるとなったときに、なにも知りません――なんていう無能は必要ないからな」

「くくっ。言うじゃねぇか。おまえこそ、俺の努力が無駄にならないようにしてくれよ」

つまりは、調べておくから、デビュタントを成功させろという激励。口は悪いが、少なくとも悪い奴ではなさそうだ。

そんなことを考えながら、ニヤリと笑って退出するレナードを見送った。


そして、レナードがいなくなって俺はふと気がついた。彼がこのタイミングで俺の前にやって来たのは、デビュタントの手伝いをするためだったのでは――と。

たぶん、仕える気はないと宣言したレナードに、使うのではなく相談役として協力してもらうという形に持っていくのが正解。

なのに俺は真っ向から受けて立ち、あまつさえ俺がデビュタントの準備をしているあいだ、おまえは次の試練のための準備をしておけと挑発した――と。

どうりで立ち去るときニヤリと笑ってるはずだよ！

あぁぁあぁぁあ……どうしよう？　いまから後を追い掛けて、相談役としてデビュタントの手配を手伝ってくれ――とか、言えるわけねぇだろうがあああぁぁぁぁっ！

ここで協力を求めたら、考えの至らなさを自白するようなものだ。ただでさえマイナス評価からのスタートなのに、これ以上マイナスになるわけにはいかない。

こうなったら意地でも一人でデビュタントを成功させてやる！


――なんて意気込んで準備を始めたものの、あっと驚かせるなにかを思いつかない。

会場はウィスタリア伯爵家を使うとしても、家と付き合いのある貴族達をリストアップして招待状を送ったり、料理や音楽の手配をしたり。

前世でもやったことがないことばかりで、必要最低限の準備だけで一杯一杯だったのだ。

そしてついに、デビュタントまで残すところ一ヶ月を切ってしまった。

デビュタント自体は無事に開催できそうだが、このままでは平凡なデビューを飾ってしまう。ただでさえ三番目というハンデを抱えている以上、このままだと不合格になるだろう。

「どうするかなぁ……残り一ヶ月で出来るものなんて思いつかないぞ」

三ヶ月まるまる使えば、最新農具の模型くらいは作れたはずだ。まあ……デビュタントで農具の発表が相応しいかどうかは微妙だが、一応思いつくものはあった。

だが、残り一ヶ月で、しかもほかの準備と並行してとなると手詰まりだ。

困ったなと部屋で唸《うな》っていると、扉がノックされる。俺の返事を聞いて姿を現したのは、ウィスタリア伯爵家の傍系から養女としてやって来たクリス・ウィスタリアだった。

「……姉上」

「その呼び方はやめなさい」

姉上は緑の瞳を細めて俺を睨《にら》みつけた。

「なら、クリスさん？」

「誰がそんな呼び方をしろって言ったのよ」

「じゃあ……クリス姉さん？」

「もう良いわよ、それで」

クリス姉さんの整った顔には不満がありありと浮かんでいる。一体なんと呼ばせたかったのか、口に出して言ってくれれば良いのに。

「あ〜あ、まったく。どうしてあなたはそんなに察しが悪いのかしら？　そんなことじゃ、社交界を生き抜けないわよ？」

緩いウェーブの掛かったプラチナブロンドを掻《か》き上げて大仰にため息をつく。

クリス姉さんがウィスタリア伯爵家の養女になってから数年。いままではあまり交流がなかったが、あまり好かれてないと言うことだけはなんとなく分かる。

出来れば、同じウィスタリア伯爵家の者同士仲良くしたいんだけどな。

「……ところで、俺になにか用なのか？」

「なによ。用がなければ来るなとでも言いたいの？」

「いや、そんなことはないけど……お茶でも入れようか？」

「いいえ、用件が終わったらすぐに帰るから必要ないわ」

「……そ、そうなんだ」

結局用事があって来たんじゃないか。

相変わらず、なにを考えているのか良く分からない。

「それで、話ってなんなんだ……？」

「あなたのデビュタントがどうなっているか様子を見に来てあげたのよ。噂で聞いたけど、あなたは一人で準備をしているのでしょ？」

「もしかして、俺の心配をしてくれてるのか？」

「馬鹿言わないで。あまりお粗末なデビュタントをされたら、ウィスタリア伯爵家の名に傷がつくじゃない。あたしはそれを心配してるだけよ」

「……そうですか」

まぁそうだよな、分かってた。

「それで、どうなの？　会場は……ここの中庭を使うそうだから問題ないと思うけど、招待状はもう送った？　料理や音楽の手配、それに食器にも気を使わなきゃダメよ？」

「分かってる。手続きは自分でやったから手間取ったけど、確認は実際にパーティーの準備に関わった経験のある古株の使用人に確認したから問題ない」

「……そう。なら問題はなさそうね。なら後は……皆に印象づける方法は考えている？」

「それは……」

まだ決まってない——なんて言えなくて言葉を濁す。だがその態度だけで察するには十分だったのか、クリス姉さんは眉を吊り上げる。

「なに？　あと一ヶ月を切ってるのにまだ考えてないの？　それで、ウィスタリア伯爵家の子供として、華々しくデビューなんて出来ると思ってるの？」

「ぐぅ……」

反論の余地がなくてぐうの音《ね》しか出ない。

「……まったく、初めてあった頃は…………ったのに」

「なにか言ったか？」

「なにも言ってないわよ。それより、たった一ヶ月でどうするつもり？　あたしは自分で開発した新型の魔導具を発表するつもりだけど、それだってずっと前から研究していたのよ？」

「へぇ……クリス姉さんは魔導具を発表するんだ？」

「そうよ。前にアレンが……」

「……俺がなに？」

なぜかクリス姉さんが沈黙した。

そして髪を掻き上げると、ビシッと指を突きつけてくる。

「そ、そんなことより、自分がなにを発表するか考えなさい。そんな調子じゃ町を任される前に後継者争いから脱落するわよ？」

「その前になんとかするよ」

兄上が当主になったら、運が良くて政略結婚の道具。運が悪ければ追放。前世のように暗殺されることだってあり得る。敗北は俺の破滅を意味している。

絶対に負けるわけには……そういや、クリス姉さんはどうなんだろう？

「ところで、クリス姉さんが勝ったら俺をどうするつもりだ？」

「え？　あなたをどうするか？　えっと……そうね。あたしが勝ったら、あなたを側に置いて、一生扱《こ》き使ってあげるから安心なさい」

ま、まさかの奴隷宣言。兄よりはマシかもだけど、こっちも大概だった。

やっぱり、絶対に負けるわけにはいかない。

「絶対、負けられないな」

「……なによ？　そんなにあたしのモノになるのは嫌なの？」

「嫌に決まってるだろ」

「ふんっ、生意気ね。まぁ良いわ。せいぜい足掻《あが》いてみせなさい。あぁそうそう。忙しいからって睡眠や食事をおろそかにして体調を崩すんじゃないわよ？」

「それくらい分かってるよ」

「なら良いわ。それじゃ、あたしはもう帰るわね……っと、そうだった」

一度踵《きびす》を返したクリス姉さんが足を止めて振り返る。

肩口に零《こぼ》れ落ちた長い髪を指で払うと、豊かな胸の谷間から取り出した手紙を指で挟んで、ぴっと俺の眼前に突きつけてきた――って、どこから取り出してるんだよ!?

なんか、甘いニオイがするんだけど！

「こ、これは？」

「あたしのデビュタントの招待状よ。早く受け取りなさい」

「うわわっ」

押しつけられて思わず手で摑んじゃった。なんか生暖かいんですけど！　これ、クリス姉さんの胸の温もりだよな。……うわぁ、なんか生々しい。

「どうかした？」

「い、いや、どうもしない。……っていうか、俺も出席して良いのか？」

「ええ。アレンはパーティーに出た経験もあまりないし、ぶっつけ本番だと無様な結果に終わるのが目に見えているもの。遠方から取り寄せたお菓子も出るから、出席しておきなさい」

むちゃくちゃ煽《あお》られてるけど、ぶっつけ本番が怖いのは事実だ。俺にとって悪い話じゃないし、素直に招待を受けることにしよう。

「ありがとう、クリス姉さん」

「ふんっ、あなたがあまりに頼りないから、情けを掛けてあげただけよ」

ツンとそっぽを向いて髪を掻き上げると、ゆったりとした足取りで部屋から立ち去っていく。クリス姉さん……口はかなり悪いけど、意外に面倒見が良いかもしれない。

2

クリス姉さんを見送った後、俺は厨房に顔を出した。

遠方よりお菓子を取り寄せるというクリス姉さんの言葉をヒントに、前世でよく食べていたバームクーヘンを再現して発表することを思いついたのだ。

ちなみに、食べたことがあるからと言って、普通は作れないって思うだろ？　だが、俺はそのお菓子については作り方を把握している。

なぜならバームクーヘンは前世の妹の好物で、何度も作らされたことがあるからだ。

妹は自由奔放というか、わがままというか……俺が兄の嫌がらせを受けて落ち込んでいるときに限って、やれ遊べだの、なにか作れだの俺を散々と振り回してくれたのだ。

もっとも、そのおかげでデビュタントで発表するお菓子を作れるかもしれないので、人生、なにが役に立つか分からないと言ったところだな。

「これはアレン坊ちゃん、厨房になにかご用ですか？」

「実はデビュタントで発表するお菓子を作るのに厨房を使わせて欲しいんだ」

「お菓子を作る、ですか……？」

「あぁ、もちろん空いている時間だけでいい」

困った顔をされたので、素早くそんな風に付け加える。

だが、料理長の困った顔は晴れなかった。

「……なにか、問題があるのか？」

「いえ、厨房を貸すことに問題はありませんが……アレン坊ちゃん、デビュタントで、自分が作ったお菓子を振る舞うつもり、なんですか？」

「あぁ……そう言うことか」

小さい子供が親に手作りのお菓子を振る舞うのならともかく、デビュタントで自作のお菓子を作っても評価されるはずがない——と、心配してくれているのだろう。

「心配するな。たしかに素人の域を出ない腕前だが、この国の貴族が誰も食べたことのないお菓子を作って振る舞う予定だ」

「オリジナルのお菓子を開発するつもり、ですか？」

「いや、えっと……書物で読んだお菓子を再現する予定だ」

前世の記憶云々《うんぬん》はむろん、今から考えると言っても呆れられるのは目に見えている。だから俺は、書物で読んだお菓子だと嘘を吐いた。

一応、俺が知らないだけでこの国に存在している可能性を考慮した保険でもある。

「そんなわけで、バームクーヘンというお菓子を聞いたことがあるか？」

「バームクーヘン、ですか？　いえ、聞いたことありませんね」

「じゃあ、薄い生地が何層にも重なったお菓子はどうだ？」

「……そんなお菓子があるんですか？」

少なくとも料理長は見たことも聞いたこともなさそうだ。これなら、少なくともデビュタントで興味を惹くことは出来るだろう。

「そういう訳だから、使ってない時間に厨房を使わせてくれるか？」

「なんなら、俺が手伝いましょうか？　レシピさえ教えていただければ、いまからアレン坊ちゃんのデビュタントまでに研究してみせますよ？」

そういう料理長の顔には、未知のお菓子のレシピに興味があると書いてある。

「気持ちはありがたいが……今回は遠慮しておくよ」

「俺の腕は頼りになりませんか？」

「いや、もちろんそんなことはない。料理長の食事はいつも美味しく頂いてるよ」

「遠慮してるなら……」

料理長のセリフは、首を振って遮った。

「腕前は信頼してるけど、料理長はあくまでウィスタリア伯爵家当主の料理人だろ？」

「それは、ご当主に許可を取っていただければ問題ないのでは？」

「そういう問題じゃないんだ」

本来であれば、ウィスタリア伯爵家の人間は全て身内だ。

だが、当主争いにおいては、父の使用人が俺の味方であるとは限らない。デビュタントの要となる新しいレシピを教えるのは危険だと思うのだ。

考えすぎと思うかもしれないけど、デビュタントの件を父上はギリギリまで教えてくれなかった。

それに、レナードの件もある。

ウィスタリア伯爵家の使用人だからと信頼したら、サクッと裏切られる気がする。

「まぁ……とにかく今回は自分で頑張るよ」

「そうですか。分かりました。では、アレン坊ちゃんが厨房を使っているときは、誰もここに立ち入らないように手配しておきます」

「……ああ、そうしてくれ」

先ほどまでとは違う、こちらの意図を理解しているかのような対応に思わずため息をついた。

それから二週間。

俺はデビュタントの準備を進める傍ら、厨房でバームクーヘン作りにいそしんだ。

前世の俺が使ったのは、魔導具で温度管理の出来るオーブンだったが、ここにあるオーブンは薪《まき》を使うので温度管理が難しい。

最初は生焼けになったり焼けすぎになったりしたが、オーブンの使い方なんかは料理長に教わることが出来たので、なんとかまともなバームクーヘンが作れるようになった。

味はプレーンで、まだまだ改良の余地がありそうだが……この国の人間はそもそもバームクーヘンを食べたことがない。

未知の食感を持つお菓子と言うことでおそらくは評価されるだろう。

「……いや、念のために確認はしておいた方が良いな」

そんなわけで、使用人に頼んでレナードを呼んでもらった。

「なんだ、アレン。もう俺に泣きつくつもりか？」

「いいや、残念だろうがハズレだ」

「そうか、それはたしかに残念だ」

むちゃくちゃ残念そうな顔をされた。

今に見てろよ。バームクーヘンで驚かせてやる。

「それで、俺になんの用だ？」

「その前に確認させてくれ。レナードは父に仕えてはいるが、後継者争いにおいては俺のお目付役であり、相談役……で、あっているか？」

「その通りだが、それがどうした？」

「いや、レナードに相談という形で漏らした情報はどうなるのかと思ってな」

「あぁなるほど、そこに気付いたか」

相談役という意味では、レナードに相談する分には問題ないように思える。

だが、お目付役という観点で考えると、レナードに教えた情報は全て父上のところへ筒抜けになることが予想される。

その辺りがどうなっているのか確認したかったのだ。

「たしかに、俺が知っていることは全てご当主様に報告することになっている」

「……やっぱりか」

「ただし、俺がアレンの相談役として知り得た情報は、後継者として相応しいか判断することにしか使わないとのことだ」

「なるほど……」

父上に対して情報がだだ漏れになるが、情報漏洩《ろうえい》的な意味で心配はしなくて良いと。……っていうか、やっぱり情報漏洩に注意する必要があるんだな、油断ならねぇ。

「それで、俺にどんな相談だ？」

「相談って言うか、デビュタントで発表するお菓子の味見をしてもらおうと思ってな」

「なにか作っているとは聞いていたが……はっ、お菓子だと？　贅《ぜい》の限りを尽くしている貴族相手に、生半可なお菓子で納得させられると思って……」

俺が差し出した皿のバームクーヘンを見た途端、レナードがセリフを呑み込んだ。

「どうやら、生半可なお菓子ではなさそうだな？」

「見た目はたしかに珍しいな。だが、いくら珍しい見た目でも、味が良くなければ興ざめも良いところだぞ？　……あぁ、なるほど。だから俺に味見をしろと言うことか」

俺は肯定の意味を込めてバームクーヘンが載った皿をレナードに渡す。

「見た目は美味そうだが……毒とか入ってないだろうな？」

「入れるわけないだろ。良いから早く味見しろ、相談役」

「くっ、分かったよ！」

なにやら決死の覚悟で一切れを口に放り込んだ。疑い深いと呆れるべきか、俺の信用がないと嘆くべきか悩ましい。

だが、食べさせてしまえばこっちのものだ。レナードは目を見開いて口を動かすと、無言でもう一口、更に一口とバームクーヘンを口に運んでいく。

「どうやら、お気に召したようだな」

食べ終わるのを待って声を掛けると、レナードはハッと顔を上げた。

「おまえ、いま試食だってこと忘れてただろ？」

「い、いや……こほんっ。もちろん覚えているぞ」

「口にクリームがついてるぞ」

「――っ」

慌てて口元を拭うレナードを見て思わず吹きだしてしまった。

「冗談だ。その分だと、デビュタントで発表しても十分に通用しそうだな」

「食感といい甘みといい、いままで食べたことがない。間違いなくこのお菓子の話題で持ちきりになるだろう。これは……本当におまえが作ったのか？」

「俺は再現しただけだけど、この国ではオリジナル、ということになるんだろうな」

ちなみに、心棒に生地を塗って焼き、塗って焼きを繰り返し、最後にぬいた心棒の代わりに生クリームを詰めてある。

この生クリームも、どうやらこの国には存在していないようだ。なので、それを組み合わせたバームクーヘンは、レナードにとって相当驚きだったはずだ。

いまだ信じられないという顔をしている。

「これのレシピは……」

「必要があれば教えてやるが、ひとまずは秘密だ」

心底残念そうなレナードに、また今度味見を頼むというと物凄く元気になった。こいつ、外見に似合わず意外と甘党だな。

……いや、それだけバームクーヘンがこの国で画期的なお菓子なんだろう。このお菓子を使って、次期当主候補の座を勝ち取ってやる。

3

レナードを唸らせたバームクーヘンがあれば、デビュタントはつつがなくおこなうことが出来るだろう。だが、最後まで油断しないようにと入念に準備を整えていく。

そんなある日、準備で走り回っていた俺は廊下でロイド兄上に出くわした。

ロイド・ウィスタリア。

正妻の子供にして長男、対外的にはもっとも次期当主に近い人間と目されている。ブラウンの髪の下から覗《のぞ》く青い瞳が、俺を蔑むように見つめている。

以前の俺はこの瞳が苦手だった。

会釈をして、さっさと横を通り抜けようとするが、その途中で兄上に引き留められる。

「……なんでしょう?」

「分不相応にも、おまえも後継者候補として名乗りを上げたそうだな?」

「……ええ。父上が機会をくださいましたので」

俺が勝手に名乗りを上げてるわけじゃなく、父上の許可があると主張する。それが伝わったのだろう。ロイド兄上は「庶子の分際で」と舌打ちをする。

「……まあいい。おまえもクリス同様に身の程を教えてやる。俺が当主になった暁には、おまえもクリスも追放してやるから、束の間の自由をせいぜい楽しむんだな」

兄上は言いたいことだけ口にすると、もう用はないとばかりに立ち去ろうとする。だから今度は俺が「――待ってください」と兄上を引き留めた。

兄上は不機嫌そうな顔をしながらも足を止める。

「なんだ？　庶子のおまえが、俺になにか意見しようというのか？」

「いいえ、聞きたいことがあるだけです」

「なんだ、言ってみろ」

「クリス姉さんに、なにをしたんですか？」

さっき兄上は、おまえもクリス同様に身の程を教えると言った。おまえもクリスもではなく、クリス同様。それじゃまるで、クリス姉さんには既に身の程を教えたみたいじゃないか。

「あぁ、そのことか。あの気の強そうな妹の悔しそうな姿は実に滑稽だった」

「クリス姉さんになにをしたのかと聞いているんだ！」

俺が詰め寄ると、ロイド兄上は俺を挑発するように笑った。

「俺はなにもしてないさ。ただ……たまたま便利な魔導具の研究成果を持ち込んできた奴がいたから、それを買い取って大々的に発表したまでだ」

「魔導具の研究成果？　……まさかっ！」

「あぁ、そうだ。クリスも同じ研究成果をデビュタントで発表するつもりだったらしいな。妙な偶然もあるものだが、俺が発表した後ではどうにもならん、可哀想に」

可哀想にと言いながら、その顔は楽しくて仕方がないとばかりに笑っている。

頭に血が上り、視界が赤くなる。

「なにが可哀想にだ。兄上が研究成果を盗んだんでしょう！」

「おいおい、人聞きの悪いことを言うな。俺はたまたま持ち込まれた研究成果を買い取っただけだ。クリスが同じ研究をしていたなど、知るはずがなかろう」

「そんな偶然、あるはずないでしょう！」

「いいかげんにしろ、アレン。貴様はなんの証拠もなく、俺を盗人《ぬすっと》呼ばわりするのか？」

「く……っ」

たしかに、その研究成果を売りつけた者が個人で盗んだだけかもしれないし、本当に偶然なのかもしれない。兄上が研究成果を盗んだというのはただの憶測だ。

「アレン、俺を盗人呼ばわりして謝罪もないのか？」

「――っ。あらぬ疑いを掛け、申し訳、ありませんでした」

俺は血が出るほど拳を握り締め、怒りに満ちた顔を隠すように深々と頭を下げた。

その後、兄上と別れた俺は急いでクリス姉さんを探す。レナードに調べてもらったところ、クリス姉さんは部屋にいるらしい。という訳でレナードを伴って訪ねると、クリス姉さんのお目付役であり相談役でもある女性、カレンが部屋の前にいた。

「これは、アレン様。クリス様はいま取り込み中ですが、なにかご用ですか？」

「ロイド兄上と会って話を聞いた」

「……少しお待ちください」

カレンが部屋に入って確認する。

それから少し待たされた後、俺は部屋へと通された。

足を踏み入れると、少しだけ甘い匂いが香る。綺麗な調度品で調えられた、華やかな部屋のベッドの上、クリス姉さんはペタンと座ってしょぼくれていた。

だが、俺の視線を感じたのか、ゆっくりと顔を上げて俺を見る。その顔にいつものような覇気はなく、頬にはわずかに涙の痕《あと》が残っている。

「……クリス姉さんの研究成果、ロイド兄上が先に発表したそうだな」

「ええ、すっかりしてやられたわ」

どうやら、クリス姉さんは以前からウィスタリア伯爵家お抱えの魔術師達と共同で魔導具の研究をおこなっていたらしい。

父上が雇っている者達に技術を漏洩させるような愚か者はいない。いままでだって大丈夫だったのだから、今回も大丈夫だ――と油断していたらしい。

「……父上に抗議はしなかったのか？」

「もちろんしたわ。でも、自分の部下でない者を信用するおまえが悪いって。ロイド兄様も、情報を漏洩した魔術師もお咎《とが》めなしだったわ」

「そっか……」

料理長のときと一緒だな。

たぶん、油断していたら情報を流出させても構わない。みたいな命令が父上から出ているんだろう。じゃなきゃ、父上はその部下を首にしているはずだ。

「それで……クリス姉さんはどうするつもりなんだ？」

「どうもこうも、あたしはもうお終《しま》いよ」

諦めの混じった表情で力なく微笑む。それはきっと、前世で、そして今世で兄に嫌がらせされることを受け入れていた俺と同じ顔。

「なんとか、出来ないのか？　研究の発表は無理でも、パーティーまで一日ある。なにかほかのことでデビュタントを成功させるとか」

「無理よ」

「なんでだよ。なんか、珍しいお菓子を取り寄せるとか言ってただろ？　それをメインに押し出したら良いんじゃないか？」

「お菓子はないわ」

「……え？」

「買い付けに行かせた馬車が襲撃を受けて、積み荷を奪われたの」

「そこまで、するのか……」

ここまで来て偶然とは思わない。馬車を襲撃したのは兄上の手の者だろう。

俺やクリス姉さんより二年早くデビュタントを終え、既に町一つ任されている兄上なら、そういった裏工作をする部下を抱えていてもおかしくはない。

「社交界は華やかに見えても、水面下では足の引っ張り合いが当たり前のようにおこなわれている。なんの警戒もせず……あたしが馬鹿だったのよ」

そう、なのかもしれない。

少なくとも、貴族社会においては権謀術数が飛び交うのは当たり前。そう考えれば、悪いのはロイド兄上ではなく、クリス姉さんと言うことになる。

だけど、ロイド兄上にあそこまで言われて、負けっぱなしだなんてごめんだ。なにより、クリス姉さんが落ち込んでいる顔は見たくない。

だから、俺はクリス姉さんに手を貸すことにした。

「クリス姉さん、諦めるのはまだ早い。レナード、あれを持ってきてくれ」

瞬間、レナードは眉をひそめた。

「アレン、本気で言ってるのか?」

「二度も言わせるな」

レナードはなにか言いたげな顔をしたが、結局は分かったと部屋を出て行った。それから数分と待たず、レナードは皿に載ったバームクーヘンを持ってきた。

俺はそれを受け取り、クリス姉さんへと差し出す。

「アレン、これはなに? なにをするつもり?」

「ひとまず食べてみてくれ」

クリス姉さんは戸惑いながらも一欠片《ひとかけら》を口に入れ——目を見開いた。

「嘘、なにこれ。こんなお菓子、食べたことないわ。アレンが作ったの?」

「ああ、そうだ。俺がデビュタントで披露するつもりで作った。これを姉さんのデビュタントで披露しよう」

「……は? な、なに馬鹿なこと言ってるの! それじゃあなたの発表するものがなくなるじゃない。そんなこと、出来るわけないでしょ!」

クリス姉さんは一瞬も迷わず、それはダメだと俺を叱りつけた。

良かった……姉さんを助けようとした俺の判断は間違ってない。自分が当主になったら俺を下僕にするみたいなことを言ってたけど、本当は優しい姉なんだ。

「俺のデビュタントまではまだ二週間ほどあるから大丈夫だ」

「大丈夫って……そんな訳ないでしょ。最低限のパーティーを取り繕うだけならともかく、たった二週間で次期当主に相応しいと思わせるようななにかを思いつくはずないじゃない」

「いいや、このお菓子も二週間で作り出した」

嘘は吐いていない。ただし、バームクーヘンは前世の記憶があり、いくつかの偶然が重なったからこそ出来た産物だ。いまから二週間で別のなにかを作れと言われると思いつかない。

だけど、ロイド兄上にあそこまで言われたら俺だって黙っていられない。

「だから、心配するな。俺は自分を犠牲にするつもりはない。父上にクリス姉さんを認めさせて、俺も認めてもらうつもりだ」

「……アレンが本気で言ってることは分かる。でも、どうしてそこまでするの？　あたしだって、あなたのライバルなのよ。ここで蹴落とせば良いじゃない」

「理由か……」

二人で罠を食い破って、俺達を舐《な》めきっているロイド兄上の鼻を明かしてやりたいとも思うし、ロイド兄上に対抗するのに味方を作っておきたいという思いもある。

それに俺が当主を目指しているのは、兄上が当主になって俺が破滅するのを防ぐこと。仲良く出来るのなら、クリス姉さんが当主になっても俺は困らない。

「そうだな。理由はいくつかあるけど……クリス姉さんのことが嫌いじゃないから、かな」

「なっ!?　へ、へぇ……そ、そう、だったんだ。全然、知らなかったわ。あ、あたしもアレンのこと、き、ききっ嫌いじゃないわよ」

むちゃくちゃ動揺してるし。もしかして、自分は養女だから弱みは見せられない――みたいなことを思ってたのかな？

なんにしても、クリス姉さんに嫌われてないのなら問題ない。

「このお菓子、バームクーヘンを使ってデビュタントを成功させて、俺達を舐め腐ってる兄上の鼻を明かしてやろう」

「アレン……本当に良いの？」

「ああ、もちろんだ」

「ありがとう、アレン。この恩は、一生忘れないわ」


そんなわけで、絶対にほかに漏らさないと約束させたクリスの相談役、カレンにバームクーヘンの作り方を伝授して、明日のデビュタントまでに準備してもらうことになった。

その後、役目を終えて部屋に戻った俺に、レナードが話しかけてきた。

「……あのレシピを教えて良かったのか？」

「あそこでクリス姉さんを見捨てて当主になったとしても、俺に味方はいない。それに、足の引っ張り合いでボロボロになった領地を治めるなんてごめんだ」

「だから、彼女に手を貸した、と？　彼女が味方になってくれるとは限らないのに？」

「甘いと言われるかもしれないが後悔はない。それに俺だって相手は選んでるつもりだ。クリス姉さんなら、たぶん恩を仇《あだ》で返すようなマネはしないだろ」

「それで裏切られたら？」

「俺が馬鹿だったってことになるだろうな」

俺の内心まで見透かそうとばかりに視線を向けてくる。レナードは俺のお目付役でもある。ここで俺が対応を誤れば、父上に俺は甘ちゃんだと報告されるだろう。

だけど、同情でクリス姉さんを助けたわけじゃない。当主として相応しい器を見せつけるという意味で、クリス姉さんに手を貸した。だから、視線は逸《そ》らさない。

しばらく無言のにらみ合いが続き――やがてレナードはふっと笑みを零した。

「正直、甘いと思わないでもないが……先を見据えているところは評価できる。それに、情に厚いところは短所でもあるが長所でもある」

「……だから？」

「ひとまず、俺が仕えるに値する相手だと認めてやる」

そう言い放ったレナードは、佇まいをただして俺の前で床に膝をついた。

「今日この瞬間より俺はアレン様の部下です。非才の身ではありますが、全力でお仕えいたします。どうか、好きなように使ってください」

「……いきなり口調を変えられると気持ち悪いんだが」

素直な感想を口にすると、レナードは顔を上げてなんとも言えない顔をした。

「せっかく俺が忠誠を示してやったのにそりゃないぜ」

「忠誠はありがたく受け取るが、態度はいままで通りの方が良いな」

「そうかよ。なら、そうさせてもらおう」

立ち上がった瞬間、さっきまでの態度はどこへやら。いままで通りの気安い感じに戻る。

うん、こっちの方が俺も楽で助かる。

「さて、忠誠は良いんだが……実際どうするつもりだ？　さすがにこの状況で一人は厳しいだろう。手伝ってやるから、なにをすれば良いか指示を出せ」

「そうだな。俺は残りの時間で自分のデビュタントで披露するなにか別の物を考える。だから、レナードはほかの準備を引き継いでくれ」

「任せておけ。アレンに相応しいデビュタントの準備を整えてやる」

切り札と引き換えに、俺は掛け替えのない仲間を手に入れた。

4

その後、クリス姉さんのデビュタントは大成功に終わった。俺も準備の合間に少しだけ出席させてもらったが、バームクーヘンは大好評だったようだ。

デビュタントで使う予定だった切り札を使ってしまった訳だが、おかげでクリス姉さんを助けられた。なにより思惑を外された兄上がむちゃくちゃ悔しそうだったのでその価値は十分にあった。

だけど、一矢報いただけじゃ満足できない。今度は自分のデビュタントを成功させて、俺達を見下している兄上の鼻をさらに明かしてやる。

そのために新しいお菓子の開発をおこなっていたのだが——ある日、父上に呼び出された。

「おまえに見合いの話がある」

「——なっ!? 待ってください、デビュタントはまだ終わっておりません!」

「誤解するな。別におまえを婿養子に出すという話ではない」

後継者争いから外されたんじゃなくて良かった……けど、ならどうして見合い話なんてするんだ？ 俺に話をするまでもなく断れば済む話なのに。

いや、受けるのが前提だから俺に話したんだよな。

だったら——

「誰かが俺の嫁に来るという話、ですか？」

「その通りだ。アレン、おまえに、是非娘をという話がある。そしてわしは、その話に一考する価値があると考えている」

なぜという疑問が脳裏を埋め尽くした。

いまの俺は次期当主になるかどうか分からない、宙ぶらりんな存在だ。あえて言うのであれば、先の華々しいデビュタントを飾った兄上や姉上より期待値は低い。

にもかかわらず実際に婚約の申し込みがあり、父上は一考の価値があると考えた。

「もしや、アストリー侯爵家、ですか？」

「……ほう。なぜそう思う？」

「まず、俺が当主になる可能性のあるタイミングで、父上が一考する価値のある相手とおっしゃったので、相応の家柄であると考えました」

父上はなにか考えるように数秒ほど沈黙、再び話しかけてきた。

「まず、と言ったな。ならば相応の家柄の相手からアストリー侯爵家の名を挙げた理由を聞かせてもらおうか」

「はい。それは相手側の事情を考えました」

伯爵家の当主に相応しい相手であれば、このタイミングで俺と婚姻を結ぶような賭けをする必要がない。逆に当主に釣り合わない相手であれば、父上が見合いを受けるはずがない。

両立が考えられるのは特殊なケース。

家柄は相応だが、なんらかの理由で婚姻を急いで結ぶ必要のある家。

「アストリー侯爵家は近年続けざまに災害に見舞われ、没落寸前だと伺っています。ですから、このタイミングで婚約の申し込みがあったのなら、アストリー侯爵家だと考えました」

「ふっ。正解だ。良く他領のことを調べているな」

「……ありがとう存じます」

恭しく頭を下げるが、内心では心臓がバクバク鳴っていた。デビュタントの紹介状を自分で用意する必要があったため、多少他領について詳しくなったから、たまたま知っていただけだ。

招待状のリスト外に同じような状況の貴族家があれば外していたかもしれない。

しかし……アストリー侯爵家か。

父上の目当ては古くから続く名門貴族の血筋で、相手の目当てはウィスタリア伯爵家の資金力による援助、と言ったところだろう。

「ですが……分かりませんね。なぜ俺なんですか？　現時点で次期当主として有力なのは兄上ですし、アストリー侯爵家には長男がいましたよね？」

相手としては出来れば次期当主と縁を結びたいはずだし、こちらはクリス姉さんを送り込めば侯爵家に血を入れることが出来る。

もちろん、現時点で次期当主候補のクリス姉さんが嫁に出されることはないが、だからって俺が選ばれる理由が分からない。

「それに関しては不明だ」

「……不明、ですか？」

「相手からのご指名だが、その思惑までは分からんということだ」

意味が分からない。政略結婚として考えた場合、俺の価値はそんなに高くないはずだ。それとも、ロイド兄上の性格を知って、俺の方が無難だとでも思ったか……？

「ひとまず俺である理由は置いておいて、父上は婚約しろとおっしゃるのですか？」

「あの領地が赤字になったのは不運にも災害が重なったため。決して当主が無能なわけではない。縁を結ぶ相手として悪くはないと思っているが、最終的な判断はおまえに任せる」

判断をゆだねられると思ってなくて目を見張った。

「内心が態度に出ているぞ、未熟者め」

叱責の言葉はけれど、それほど怒っているようには感じない。こちらが驚くのを見越しての言葉だったのだろう。戸惑う俺を見て楽しんでいるようにすら思える。

「おまえが当主になる可能性を考えれば、無理強いは得策ではないからな。ゆえに見合いはしてもらうが、実際に婚約に踏み切るかどうかは好きにしろ」

「俺が断った場合はどうするおつもりですか？」

父上は「ふむ……」と呟《つぶや》いて、顎を指で撫でさすった。

「そうだな……ロイドを薦めてみるか？　いや、わしの愛妾とするのもありかもしれんな。いまのアストリー侯爵家の状況を鑑みれば断られることはあるまい」

「そ、そうですか」

俺と結婚するかもしれない相手が、父上の愛妾になるかもしれないとはびっくりだ。いやまあ、政略結婚とはそういうものだが……ちょっと複雑な気分だぞ。

次期当主の座を得るための後ろ盾と考えれば、婚約するべきなんだろうな。俺が決めて良いっていうなら、ひとまず会ってから考えるか。

「ひとまず、会ってみたいと思います。ただ……詳しい話はデビュタントが終わってからで構いませんか？　いまはそちらに集中したいので」

「あぁ、そうだったな。では、見合いはデビュタント後にするが良い。せっかく正式な当主候補として認めてやったのにデビュタントで失敗されては敵《かな》わぬ」

「分かりました……って、ん？　正式な当主候補、ですか？」

首を傾げる俺に対して、父上はさも楽しげに喉の奥で笑った。

「まだ伝えていなかったな。先日、クリスが当主候補から脱落した」

「――なっ、どういうことですか！」

バームクーヘンは俺の想像以上に話題に上っていた。

クリス姉さんのデビュタントは大成功に終わったはずで、次期当主に近付くことはあっても候補から外れる理由はないはずだ。

「あのバームクーヘンというお菓子はたしかに秀逸だった。おまえが作ったそうだな」

「――っ」

俺が作ったことが原因か？

だが、お菓子のことは料理長はもちろん、レナードとカレンにも口止めをした。ロイド兄上に知られるような失態は犯していなかったはず。

レナードやカレン経由なら、問題にはならないと確認したはずなのに……何故だ？

「勘違いするな。他人の助力を得ることもまた当主として必要な力。クリスがおまえの開発したお菓子で成功を収めたからと言って、その功績を否定することはない」

「……では、姉さんが候補から脱落したのは何故ですか？」

「クリス自身が申したのだ。あの功績は自分ではなくアレンのもの。ゆえに次期当主に相応しいのもアレンである、と」

「クリス姉さんがそんなことを……？」

ロイド兄上にしてやられてあんなに悔しそうにしていたのに、せっかく掴んだ次期当主となるチャンスを自ら放棄するなんて信じられない。

「話を戻そう。ゆえにクリスは当主候補から外れ、おまえは正式な当主候補となった」

「何故ですか？　言ってはなんですが、俺は自分の功績をライバルに譲った甘ちゃんですよ？　それに、まだデビュタントを成功すらさせていません」

「甘いことは事実だが、おまえは本来敵であるクリスの信頼を得た。それもまた、当主に必要な能力であるとわしは判断した」

レナードが俺を認めてくれたのと同じような理由か。

「クリス姉さんが俺に手柄を譲ったというのは分かりました。ですが、そもそも俺が手を貸したのは兄上が原因です」

「むろん知っている。だが、権謀術数もまた当主には必要な能力だ。わしは、次期当主に自分の考えを押しつけるつもりはない。当主になりたければ相応しい才覚を見せつけよ」

他人を味方にしようが蹴落とそうが、結果を出せばどちらでも良いらしい。

クリス姉さんを認めてもらうか、それが無理ならせめてロイド兄上にペナルティーを与えてもらえれば良かったんだけど、そう上手くはいかないようだ。

「とにかく、クリスは次期当主候補から外した。これは決定だ。代わりにおまえを次期当主候補として正式に認める。だが、デビュタントで無様なマネはみせるなよ？」

「かしこまりました」

「よろしい。それとバームクーヘンなるお菓子のことだが、おまえはあれをどこで知った？」

来たか——と、俺は気を引き締めた。

そうして、あらかじめ用意していた答えを口にする。

「とある文献で知りました」

「その割には、おまえ以外に知る者が誰もいないようだが？」

「そのようですね。ですが、俺が手の内を明かすと思いますか？」

ちなみに、それっぽいことを言っているが、実際のところは前世で学んだと頭がおかしくなったと思われそうな事実を言いたくないだけだ。

「ふむ。ではレシピについて教えるつもりはあるか？」

何気ない口調のようでいて、周囲の空気が張り詰めている。

どうやら、バームクーヘンは予想以上に好評だったようだな。あれを食べた貴族達が、自分達のパーティーで振る舞うために売って欲しいと集まってくる姿が目に浮かぶ。

「あのレシピはクリス姉さんに譲ったものです。俺が無断で教えるわけには参りません」

「いや、クリスはお前のものだと主張している。ゆえにあやつが誰かに教えることはない。だからこそ、おまえに聞いているのだ」

「そういうことでしたら父上にレシピをお教えします」

「……それで良いのか？」

「むろん、対価は頂きますよ？」

「だが、それではおまえの名声にならぬ。他領の要望に応えてくれるのであれば、おまえの町から輸出しても構わんのだぞ？」

怪訝《けげん》な顔をする父に向かって、量産には相応の設備——オーブンなどがいくつも必要なことと、日持ちがしないため、他領に輸送するには保存の魔導具が必要になることを伝える。

「俺が自分の町を得てから、作って売る準備をしていたら時間が掛かりすぎます。あれの価値を最大限に利用するのなら、いまを逃したくないでしょう？」

「良く分かっているな。では対価はなにを望む？」

「姉さんの救済を」

よほど予想外だったのか、父上は目を見張った。

「もともと、バームクーヘンの技術はクリス姉さんにあげたものですから」

俺にしてみれば、ロイド兄上への意趣返しに使ったものを、クリス姉さんに返してもらったようなものだ。もう一度姉さんのために使うことに躊躇《ためら》いはない。

「救済と言うが……具体的にはなにを望むのだ？」

「次期当主候補から外れたら、クリス姉さんは政略結婚の道具にされるのでしょう？　ですから、出来れば後継者候補への復帰を」

「……おまえは自分のライバルに塩を送るのか？」

「クリス姉さんに負けるのなら別に構いませんから」

言外にロイド兄上に負けたくないのだと主張する。それが伝わったのかどうか。父上は「おまえ達は同じことを言うのだな」と呟いた。

「同じこと、ですか？」

「いや、なんでもない。それよりも、後継者候補の復帰は認められない。そもそも、あれがそれを望むかどうかも疑問だしな。だが、政略結婚については猶予を与える」

「……猶予、ですか？」

父上は前置きを一つ。クリス姉さんが二十歳になるか、次期当主が決定するまで、もしくは彼女自身が望まぬ限り、誰とも婚約、または結婚をさせないと口にした。

「最長であと四年弱、ですか……」

「それ以上は薹《とう》が立ちすぎるからな。その条件で良ければレシピと引き換えに受けよう」

俺は少し考えて、それでお願いしますと取引を成立させた。

「それでは、俺はこれで失礼します」

「――アレン」

話を終え立ち去ろうとしたところで引き留められた。

俺はなんですかと振り返る。そこにはなんともいえない顔をした父上の顔があった。

「おまえは見合い相手がどのような少女か気にならないのか？」

「ウィスタリア伯爵家に利益があることは先ほど聞きましたが？」

「いや、外見とか、そういう話だ」

指摘されて、アストリー侯爵家の娘であることしか知らないと思い至った。

だが、政略結婚であれば相手の外見はあまり関係がない。むろん、好みであるに越したことはないが、重要なのはウィスタリア伯爵家、ひいては自分の利になるかどうか。

「どうせ外見で決めるわけではないので、会ったときに確かめますよ」

俺がそう口にすると、父上はなぜかため息をついた。

異世界姉妹と始める町開発

1

アストリー侯爵家へと向かう馬車の中で、緩やかに流れゆく景色を眺めていた。

澄み渡る空の下、遠くに見える山まで一面の草原が広がっている。肥沃な大地を分断するように大河が流れており、山には鉱石が眠っている。

アストリー侯爵領はずいぶん豊かで広大な土地を抱えているようだ。

「……しかし、あのバームクーヘンにあんなバリエーションがあるとはな」

同じく景色を眺めていたレナードがおもむろに口を開いた。政治的に意味がある大地とはいえ、さっきからずっと同じ景色ばかり眺めているのに飽きてきたんだろう。

「苦肉の策だったけど、成功だったたな」

「あれだけの評価を得ておいて、苦肉の策もないと思うがな」

「運が良かっただけだ」

あれからいくつかお菓子を開発したのだが、この国に既に存在しているお菓子や、食感が未知すぎて敬遠されるお菓子しか用意できなかった。

なので、デビュタントでの新しいお菓子の発表は諦め、紅茶のフレーバーなど、バームクーヘンを何種類も用意することにしたのだ。

もちろん、既存のお菓子にアレンジを加えた程度では、出席した貴族達に鮮烈な印象を刻み込むことは出来ないが、先日発表されたばかりの――表向きはクリス姉さん以外にはレシピを知る者がいないバームクーヘンの亜種を、俺がデビュタントで発表することになった。

クリス姉さんが当主候補から外れたことは皆が知るところとなっていたので、姉が俺を支持しているという印象を出席者に抱かせることが出来た。

つまり、クリス姉さんを支持していた者達がそのまま俺を支持することになった。そのおかげもあって、俺のデビュタントは見事に成功となったわけだ。

ちなみに、ロイド兄上はまたもや唸っていた。

研究成果を奪ってライバルを蹴落としたはずが、その勢力が俺のもとに流れ込んだことを考えれば、彼の内心がどれほど荒れていたかは想像に難《かた》くない。

バームクーヘンを持ち帰りたいと言われたが、丁重にお断りをしたら怒って帰って行った。

出来れば身内で争いたくはないが、兄上が姉さんにしたことを考えれば渡せるはずがない。レシピを解析しようとした可能性も否定できないからな。

　とにかくデビュタントは盛況に終わり、俺は後継者候補としての立場を確定させた。そのときの様子は……まぁ機会があれば語ろう。

　とにかく、デビュタントを無事に終えた俺は、今度はお見合いをするためにアストリー侯爵家のお屋敷へと向かっているという訳だ。

「そういえば、ご当主が嘆いていたぜ？」

「え、嘆いていた？　俺がなにか失敗したか？」

　一瞬ひやりとするが、レナードはすぐにそうじゃないと苦笑いを浮かべた。

「おまえが政略結婚にあまりにドライで嘆いていた。相手の容姿一つ聞こうとしない、あれは女に興味を持っていないのだろうか、と」

「なにを言うかと思えば……」

　貴族たる者、異性の好みで結婚相手を選ぶことなんてありえない。家に利益をもたらすかどうかが重要なのだ――と、前世の俺はそう教え込まれて育った。

　もっとも、結局は政略結婚をさせられることもなく追放されたんだけどな。

　いや、追放された後は冒険者をしていたから、平民が恋愛結婚をすることは知っている。けど、貴族と平民では価値観が異なる。政略結婚は政治のための結婚で、愛する者と結ばれたければ寵姫《ちょうき》として側に置けば良いのだ。

　実際、俺の母も寵姫だしな。

とまあ、前世のことは伏せつつ俺の考えを伝えたら、なにやら物凄く残念な者を見るような顔をされた。もっと異性に興味を持てということだろうか?

そういや、今世ではあんまり政略結婚についてどうこう言われた記憶がないな。もしや、前世の家に比べると政略結婚の考えは緩かったりするのか?

……いや、そう油断させておいて、俺が好みで選ぶと言ったら貴族の心構えが出来てないと返す罠かもしれない。やっぱり政略的な観点以外で判断するのは危険だ。

レナードも俺に仕えると言ってくれたけど、お目付役であることに変わりないしな。


馬車に揺られること数日。

たどり着いた侯爵家のお屋敷はなかなか立派だった。

ただし、貧困の中で見栄を張っているわけではなさそうだ。お屋敷自体は古く立派だが、調度品の類いはかなり質素で、絵画を取り外した跡があったりする。

おそらくは売って金に換えているのだろう。

見栄が必要な貴族としては考え物だが、俺としては好感触だ。そんな感想を抱きながら応接間で待つことしばし、アストリー侯爵が姿を現した。

「ようこそアレン殿、私が当主のゼム・アストリーだ」

「お目にかかれて光栄です、アストリー侯爵」

「うむ。今日は娘との見合いのために、遠路はるばるよく来てくれた。娘も非常に喜んでいる。いま用意をしているから、少しだけ待っていてくれ」

アストリー侯爵はそういうと、自ら俺をもてなしてくれた。

その際に少し話を聞いた感じだと、どうやら今回のお見合いは娘が言い出して、それをアストリー侯爵が了承したことで実現したようだ。

どうしてその娘が俺を指名したのか分からないけど、アストリー侯爵は娘のことをずいぶんと可愛がっているようだ。言葉の端々から愛情が伝わってくる。

だが同時に、愛娘《まなむすめ》を領民のために政略結婚の道具として使う決断力も持ち合わせている。アストリー侯爵が有能であるのなら、婚姻を結んで後ろ盾になってもらうのも悪くない。

そんな風に、婚姻について前向きに考え始めた頃、少女が部屋に入ってきた。

青みを帯びた黒髪をなびかせながら、ゆったりとした足取りで俺の前に立つ。長いまつげの下から覗く紫の瞳が、俺の姿を映し込んでいる。

俺より一つ年下ということだが、将来は確実に美姫《びき》と呼ばれるであろう逸材だった。

「また会えましたね、アレン様」

透明感のある声が紡がれる——が、どこかで会っただろうか？　そんな俺の疑問を感じ取ったアストリー侯爵が、彼女がクリス姉さんのデビュタントに出席していたことを教えてくれた。

「それは気付きませんで、申し訳ありませんでした」

「いいえ、わたくしが見惚れていただけですから」

ふわりとつぼみが花開くように微笑んだ。

整った顔立ちに浮かぶ無邪気な笑みが妙に愛くるしい。……って、落ち着け。いまは政略結婚のお見合いだ、外見は関係ないだろ。

俺は佇まいをただして、浮き足立ちそうになる自分を落ち着かせる。

「積もる話もあるだろう。私は席を外すから、二人でゆっくり話すといい」

アストリー侯爵が娘に席を譲ると、俺にくつろいでくれと言って退出した。そんなわけで、俺は彼女とテーブルを挟んで向き合うことになる。

さすが侯爵家の娘というべきか。外見だけでなく、その佇まいまでもが美しい。決して付け焼き刃ではなく、既に侯爵家の娘として相応しい気品を兼ね揃えている。

身に着けるドレスは質素だが、端的にいって綺麗な少女だった。

「ご挨拶がまだでしたね。わたくしはアストリー侯爵の娘、フィオナと申します。お会いできて光栄ですわ、アレン様」

「ウィスタリア伯爵家の次男、アレンです。フィオナ嬢とお呼びしても？」

「もちろん構いませんわ」

黙っていれば綺麗な少女だが、微笑みを浮かべる表情が柔らかい。なんと言うか……俺の好みを体現したかのような少女だな。

政略結婚に外見は関係ないと考えていたけど、もしも政略結婚の相手と想い合うことが出来るのなら、それが一番かもしれない。

……いや、落ち着け。たしかにそれは理想だけど、婚約を受けるか否かはあくまで政治的判断だ。外見にほだされて、流されないように気を付けろ。

自分を落ち着かせ、あらためてフィオナ嬢に視線を向けた。

「フィオナ嬢、さっそくですが話をしましょう。俺をお見合いの相手に指名したのはフィオナ嬢という話ですが、なぜ俺なのですか？」

「そうですわね。その前に一つ。単刀直入に伺いますが、アストリー家がおかれているいまの状況はご存じですか？」

「ええ、おおよそ存じております。災害続きでずいぶんとご苦労なさっているとか」

「その通りですわ。ですからわたくしは、早急にアストリー侯爵領に支援してくださる方との縁を結ぶことを要求されていますの」

「……ずいぶんぶっちゃけますね」

お金のために縁談を申し込んでいると言い切った。俺は嫌いじゃないけど、建前を重んじる貴族の対応としては、さて……どうだろうな。

「隠してもどうせ分かりきっていることですから。それよりも、対価としてうちが出せる手札をお伝えした方が良いと思うのです。アレン様もこちらの手札の価値で、このお見合いを受けるかどうか決めるつもりでしょう？」

「たしかに……そうですね」

まどろっこしいことをせずに、交渉材料を前面に押し出してくる手際は嫌いじゃない。是非その価値をお聞かせくださいと続きを促した。

「まずは……古くから続く、由緒あるアストリー侯爵家の血筋。ウィスタリア伯爵家の名に箔《はく》がつくと思いますが、アレン様はあまり重要視してないでしょうね」

地位や名誉が信用に繋がったり、なんらかの取り引きが有利に運ぶことも事実。だから必要ないというつもりはないが、重要視していないというのはその通りだ。

だが、その考えはあまり貴族らしくない。

初対面で俺の少し異質な考えを見透かされるとは思わなくて軽く目を見張った。そんな俺に向かって、フィオナ嬢は「ふふっ」と小さく笑う。

「クリス様から、少しだけあなたのお話を伺いましたから。あのバームクーヘンを作ったのはアレン様だそうですわね」

「もしかして、それが俺を選んだ理由、ですか？」

いつかはレシピを解析されるだろうが、売り出し方を間違えなければ相当な金になる。その利益を見込んでの婚姻となれば理解は出来る。

だが、フィオナ嬢は「それも理由の一つですわ」と答えた。

「一つということは、他にもあると？」

「ええ。ウィスタリア伯爵家は次期当主選びの過程で町を一つ管理するそうですわね？　その町の開発に、うちも一枚嚙ませていただけませんか？」

「……どういうことでしょう？」

　いまいち要点が分からない。ウィスタリア伯爵家が資金を必要としていて、アストリー侯爵家が資金援助と引き換えに高貴な血筋を必要としている立場なら理解できる。

　だけど実際は逆で、アストリー侯爵家に援助する資金はないはずだ。

　フィオナ嬢の思惑が分からなくて眉をひそめる。

「これはわたくしの予想なんですが、アレン様は自分の町で様々な新商品を開発するつもりじゃありませんか？　たとえば……新しい農具、とか」

「――っ」

　とっさに表情を取り繕った。それは成功で、内心を表には漏らさなかったはずだ。

「知っていますか？　人は想像を働かせるとき、多くの人が右上を見るんですよ？」

「知っていますよ。ですが、それがどうかしましたか？」

　知っているからこそ、さっきの俺は目線をあえて左下に落とした。もし俺の視線を見ていたとしても、俺の内心は読み取られていないはずだ。

「知っているからこそ、想像を働かせるときにはそれを隠そうとして視線を左下に落とす。兄さんは昔からそうだったよね」

「…………は？」

俺の癖を指摘されたことに驚き、彼女の態度や口調が急に変わったことに驚く。そしてなにより、兄さんと呼ばれたことに驚愕する。

「……フィオナ嬢？　あなたは一体何者ですか？」

「まだ分からないの？　私はフィオナ・アストリー。アストリー侯爵家の長女にして、エリスという少女の前世を持つ女の子、だよ」

「エリス、だと？」

「そうだよ、メレディス兄さん」

フィオナ嬢は、前世の妹と俺の名前を口にした。

それが決定的だった。

「エリス……なのか？」

「そうだよ、久しぶりだね、兄さん。何年ぶりなのかは……分からないけど、一緒に冒険者として活動してたころ以来だね」

綺麗な顔に浮かぶ柔らかな微笑みは、言われてみればエリスの笑い方と良く似ている。

たしかに、俺がこうして前世の記憶を持つ以上、ほかにも俺と同じような存在がいてもおかしくはないのだけど……それがまさか妹だとは想像もしなかった。

2

「いつから俺のことに気付いていたんだ？」

「怪しいと思ったのはバームクーヘンを食べたときだよ。確信したのはさっきだけどね」

「あぁ、なるほど」

この国に存在しないバームクーヘンはエリスの好物だった。俺が作り方を覚えたのも、エリスに作って欲しいと何度もせがまれたからだ。疑って掛かりさえすれば、フィオナ嬢の笑い方から俺が確信したように、前世の俺との共通点から確証を得ることも可能だろうな。

「……というか、俺が兄だと思ったのなら、なんでお見合いを申し込んできたんだよ？」

俺に接触して確認するだけなら、普通にお茶会に誘うとかいくらでも接触手段はある。なのにお見合いなんて形をとる意味が分からない。

おかげで、前世の妹を可愛いとか思ってしまった、完全に黒歴史である。

「なんでって、兄さんと結婚しようと思ったからだよ？」

「………………………………おまえはなにを言ってるんだ？」

まったくもって意味が分からない。次の瞬間にも冗談だと笑い出すことを期待したのだが、エリスはついに笑わなかった。

「私は本気だよ。本気で兄さんと結婚したいって、そう思ってる」

「おまえ……」

まさか、俺に惚れてるのか？

馬鹿な。兄妹なのにそんなこと……いや、俺はフィオナ嬢を見て可愛いと思った。エリスがいまの俺を見て格好いいと思ったとしても、ありえないことじゃない……のか？

「言ったでしょ、アストリー侯爵家はいますぐにも資金援助してくれる相手が必要だって。だから私と婚約して、うちに援助するようにウィスタリア伯爵に掛け合って欲しいの」

「……あ～えっと……つまり、俺と政略結婚をしたいって……ことか？」

まるで意味が分からない。

いや、妹に愛してるから結婚しようと言われるよりは分かるけど……

「なんでわざわざ俺なんだよ？」

「そんなの、兄さんと結婚したいからに決まってるじゃない」

「やっぱりそうなのか!?」

た、たしかにフィオナ嬢は可愛いけど……って、落ち着け俺。相手は妹、前世の妹だから。いくら外見が可愛くても、中身は前世の妹だから――っ！

「……に、兄さん？　急にテーブルに頭を打ち付けたりしてどうしたの？」

「なんでもない、気にするな」

「……いや、気になるんだけど」

そう言われても、妹に結婚したいって言われてときめいたとか言えるはずがない。

「それより。なんで俺なんだよ」

「……そもそも、ほかに考えられる相手はみんな最悪なんだよ」

「はい？」

「アストリー侯爵家が落ち目なのは知ってるでしょ？　そんな家の娘と結婚しようなんて考えるのは家柄が目当てのお金持ちくらい。貴族で候補になりそうなのは、私よりも二十も三十も年上のエロ爺《じじい》ばっかり、なんだよね」

「ええっと……それは、つまり？」

「うん。そういった相手と比べたら、兄さんの方がよっぽどマシでしょ？」

まさかの消去法!?

いや、まぁ……そうだよな。俺達兄妹だし、ほかに理由なんてないよな。分かってた。うん、最初から分かってた。分かってたけど……なんだろう、このもにょもにょした気持ちは。

「事情は分かったけど、前世の妹だから助けてくれってことか？　出来る範囲で助けてやりたいとは思うけど、利点がなければ政略結婚は受けられないぞ？」

「その点は問題ないよ。ちゃんと利点はあるから」

「……ふむ？」

どういうことだろうと首を傾げる。

「分からない？　兄さんにも私にも前世の、ここことは違う世界の記憶があるでしょ？」

「前世の記憶は分かるが……ここことは違う世界？」

「あれ、気付いてなかった？　まあ兄さんは魔術が使えないし分からないか。この世界の魔術は、私が知っているのと形態が違うの。だから、ここはたぶん違う世界だよ」

「……そうだったのか。どうりでバームクーヘンを誰も知らないと思った」

別の国、もしくは異なる時代であれば、どこかに資料があってもおかしくない。にもかかわらず、バームクーヘンを知る者はこいつ以外には現れなかった。

……あぁ、なるほど。だから、一枚噛ませて欲しい、か。

「アストリー侯爵家じゃ自由に動けない、か？」

「うん。この世界の貴族も、女性は政治に関わるべきじゃないって風潮だからね。ウィスタリア伯爵家が珍しいんだよ」

「それで俺と政略結婚か」

エリスにも俺同様に前世の記憶があり、使える知識をいくつも持っている。

だが、前世の記憶があるなんて軽々しく言うことは出来ない。このままだとエリスは、その価値を見いだされることなく安売りされてしまうだろう。

だけど、同じ前世の記憶を持つ俺は、エリスの知識が役に立つことを知っている。というか、俺が知らないような知識はエリスが知っていた。

たとえば石鹸。

この国にある石鹸は臭いしあまり汚れが落ちないしで使いにくい。前世でも貴族時代は同じような石鹸を使っていたけど、冒険者時代にエリスが石鹸を開発していた。

この国で再現することも可能だろう。

「たしかに、おまえには相応の価値がある。ぶっちゃけ、俺が次期当主になるためには、なんとしても手に入れたい人材だと言っても過言じゃない」

「じゃあ……」

表情を輝かせるエリスを手で制した。

「人材としては欲しいが……分かってるのか？　政略結婚、結婚だぞ？」

「あぁ子供のこと？　もちろん分かってるよ。ちゃんと兄さんの子供を産んであげるから」

「……いや、産んであげるからっておまえ、そんな軽く……」

「軽くなんてないよ。兄さんこそ分かってる？　私このままじゃ、自分の父親より年上かもしれない相手に種付けされちゃうんだよ？」

「種付けって、おまえ……」

あっけらかんと言い返されて俺の方が困ってしまう。

俺だってフィオナ嬢みたいな美少女が、どこぞのエロ爺に金で買われるのは面白くない。それに、妹がそういう目に遭うのだって見たくない。というか、場合によっては前世の妹が義理の母になる可能性まである。それはさすがに避けたいとは思う。

「なんとかしてやりたいとは思うけど、だからって妹と結婚なんて出来るか」

「前世では兄妹でも、今世では他人だよ？」

「身体はそうかもしれないが、中身は兄妹だろうが」

「だけど、兄さん最初に同意したじゃない。結婚するかどうかは、私と結婚する価値があるかどうかで判断するって」

「うぐっ。た、たしかにそう言ったけど」

「兄さんは私情に流されずに政略結婚の価値で判断するって決めたんでしょ？　だったら、私が前世の妹でも関係ないじゃない」

「それはたしかに、そんな気がしないでもないような……いや、ないだろ」

政略結婚は政治的観点で判断して、好みとかは関係ないって言ったけど前言撤回だ。

何事にも例外はあると思う。

「ねぇ、兄さん。冷静になって考えてみて？　政略結婚だよ？」

「ああ、政略結婚だな。……それで？」

「政略結婚なら、まったく好みじゃない相手と子作りすることだってあり得るんだよ？　そう考えたら、前世の妹に種付けするくらいどうってことないでしょ？」

「その表現は生々しいからやめろっ。……まぁ、言いたいことは分からなくないけど」

たしかに、自分の母親より年上の相手、下手をしたら祖母くらいの相手もあり得る。そう考えれば、前世の妹なんてたいした問題ではないかもしれない。

少なくとも——

「少なくとも私、外見は兄さんの好みだしね」

俺の内心を見抜いたように、エリスが豊かな胸を腕で持ち上げた。それに視線を奪われ、ゴクリと生唾を——飲んだところで我に返った。

「な、なんのことかな？」

「綺麗な見た目なのに、可愛い仕草の女の子。清楚な雰囲気を纏ってるのに、胸が大きいとか、セックスアピールの強い女の子。そういうギャップのある女の子、好きでしょ？」

「ななな、なっなんのことかなっ！」

思いっきり口ごもってしまった。

っていうか、なんでエリスが俺の好みを知ってるんだよ！

慌てる俺の前、エリスはソーサーの上からティーカップをとって紅茶を一口。白い喉をこくりと鳴らすと、反対の腕で持ち上げている胸にティーカップを乗せた。

あぁぁぁあぁぁ。清楚な侯爵令嬢が、豊かな胸の上にさり気なくティーカップを置くとか、清楚なのにちょっとエッチな感じがたまらない。

「いいんだよ？」

「い、いいって、なにが？」

「エロ爺の慰み者になるくらいなら、兄さんに抱かれた方がマシだもの。どうせ跡継ぎは必要だし、ときどきならこの身体、好きにしても良いよ？」

「ぐはっ」

清楚な見た目であけすけなことを言う。

うぐぁぁあぁ。ギャップ、ギャップがヤバイ！

「それにね、兄さん。見た目は好みの女の子なのに、中身は前世の妹なんだよ？　それこそ、まさに究極のギャップじゃないかな？」

「――それはない」

俺は我に返った。

「なんでよおおおおおっ！」

「いや、だって……エリスだぞ？」

「酷《ひど》いっ！」

なんかショックを受けている姿はギャップ萌えな感じがするけど、前世の妹は性的な対象になり得ないと思う。というか、前世の妹ってすっごいわがままだったし……

「ねぇねぇ、兄さん。そんなこと言わないで私と結婚しようよぅ」

「だが断る」

「妹を助けると思ってお願い！　ちょっと結婚するだけ。結婚するだけで良いからぁ！」

「それでちょっとなら、ちょっとじゃないお願いはなんなんだよ、こえぇよ」

あぁ……前世では「政略結婚が嫌だから養って！」とか言って、家を追放された俺を追い掛けて来たんだったな、そういえば。

どっちがちょっとなのかは……微妙だが。

「うーうーうーっ。どうしたら首を縦に振ってくれるの？　そうだ！　結婚してくれたら、兄さん好みの服とか着てあげるから。ほら、下乳のところに切れ目のある服とか」

「いらんっ！　というか、なんでおまえが俺の性癖を知ってるんだよ!?」

「結婚してくれなきゃ兄さんの性癖を暴露するよ！」

「脅しかっ！　というか質問に答えろ！」

追放されてから殺されるまでの数年、ずっと行動を共にしていたが、そういう話をしたことは一度だってない。妹は俺の性癖を知らないはずだ。

なのに、エリスはどうしてそんなことを聞かれるか分からないとばかりに小首を傾げる。

「どうしてって、兄さんのことずっと見てたんだから分かるよ」

「～～～っ」

不覚にも萌えてしまった。……いや、違う。エリスに萌えたんじゃなくて、グッとくるセリフを口にしたフィオナ嬢の外見に萌えたのだ。

この外見詐欺っ娘めぇ……っ。

「ねぇ、兄さん。真面目な話、私がエロ爺の慰み者になっても平気なの？」

「それは……あんまり平気じゃないけど」

認めると逃げ場がなくなりそうで嫌だけど、エリスが嫌いなわけじゃない。散々振り回されたのは事実だけど、その明るさに救われたこともある。

と言うか、俺が断ったら、たぶん父上と結婚させられるよな、こいつ。前世の妹が俺の嫁なのと、前世の妹が俺の義母になるの、どっちがマシだろうか……

「だったら、妥協案を探さない？」

「……たとえば？」

「そう、だね……たとえば、婚約して時間稼ぎとかどうかな？」

「時間稼ぎ？　後で破棄するつもりか？」

「うん。兄さんは私の知識を使って次期当主の座を勝ち取って、私は資金援助を受けてアストリー侯爵家を立て直してもらう。そうしたら、婚約を破棄したって問題ないでしょ？」

「……なるほど、一理あるな」

普通なら資金援助のやり損で、俺は評価を落とすことになるだろう。でも、大きな成果を得た後でなら、多少評価を落とそうがなんの問題にもならない。

「……分かった。時間稼ぎで婚約してやる」

「ホント？　後でやっぱり止めるとかいわない？」

「お互いの目的を果たすまでは言わない」

「わぁい、ありがとう兄さん、だーいすきっ！」

あけすけに好きだと口にする妹に、俺は一抹の不安を覚えた。


とにもかくにも、俺達は婚約する旨を両親へと伝えることになった。

エリス——というかフィオナ嬢との婚約はアストリー侯爵に歓迎された。資金援助などの条件を満たす限られた相手の中で、フィオナ嬢が自ら望んだ相手だと思っているからだろう。

実際は、前世の兄に助けを求めてきただけなのだが……それは言わぬが花である。というか、言ったら絶対に話がややこしくなること請け合いだ。

そういう意味では、俺もフィオナ嬢が前世の妹だって知りたくなかった。知らなければ良縁として婚約することも出来たんだが……いや、結ばれてから気付いたら悲惨だな。

それはともかく、婚約の詳細は両家の親が煮つめることになる。そんなわけで、俺はアストリー侯爵に挨拶をして一度屋敷に帰還。

婚約する旨を父上に伝えた後、北東にあるジェニスの町へと向かうことになった。

3

　ジェニスの町にあるお屋敷。ウィスタリア伯爵から代官としての地位を与えられているカエデは、執事の報告を聞いてイヌミミをピクリと動かした。

「……少女の売春未遂、ですか」

「畑が不作で食うに困っての行動のようです。父親は健在ですが、母親は森で魔物に襲われて、先日なくなったばかりのようです」

「先日の一件、ですね……」

　カエデは痛ましげに目を伏せた。

　一万人ほどが暮らす町において、人の死は日常的に訪れている。自分が暮らす町で週にどれだけの人が死んでいるのかなんて気にしていられない。――普通は。

　カエデは、町で発生した事件のほとんどを把握している。だから先日、森で女性が魔物に襲われた一件も当然のように把握していた。

「カエデ様、少女の家の状況を調べてみましたが思わしくありません。娘がそのような行動を取ったことからも分かるように、このままでは悲惨な結果になると思われます」

「……分かっています。ですが、一人に手を差し伸べれば、同じような境遇の者が我も我もと詰めかけてくるでしょう。その全員を救うことは出来ないのです」

町の代表であるカエデであれば、たった一人の幼い子供を救うことくらいは簡単だ。その認識はある意味で正しく、またある意味では間違っている。

ジェニスの町はイヌミミ族の集落が大きくなって出来た町だ。

だが、町に人間を始めとした様々な種族が住み着くようになり、イヌミミ族も暮らしている町へと変化。そしていままでは、イヌミミ族が住まわせてもらっている町へと成り下がった。

名目上はイヌミミ族であるカエデが町の代表だが、人間の代表は他に存在している。カエデが町の代表ではあるが、人間が暮らす区域に対しての決定権はないに等しい。

形ばかりの代表として、ウィスタリア伯爵の言葉を伝えるだけだ。

そういった事情もあり、カエデに出来ることは少ない。

イヌミミ族や他種族――中でも新参者の生活は芳《かんば》しくなくて、一人を救えば我も我もと集まってきて立ちゆかなくなるだろう。

たった一人に手を差し伸べることが、何十、何百という同胞を危険にさらすことになる。

ゆえに、一人を救うことは物理的に可能でも、実際に救うことは出来ない。カエデは同胞の不幸に胸を痛めながらも、それに耐えることしか許されなかった。

そのうえ――

「ウィスタリア伯爵から連絡があり、この町が次期当主候補の試験の場に選ばれたそうです。以降、代官はアレン様に譲り、カエデ様は町の代表として補佐するように、と」

先ほど封を開けた手紙の内容を執事に伝えると、彼は露骨に顔をしかめて見せた。

「ウィスタリア伯爵はこの町を潰すつもりなんでしょうか？」

「口を慎みなさい。……気持ちは分かりますが」

執事をたしなめたものの、彼が口に出さなければカエデが愚痴っていただろう。

次期当主候補とはいえ、まだまだデビュタントを終えた子供でしかない。それなりに教育を受けてはいるはずだが、実際に町を管理するのは初めてのはずだ。

安定した町であればなんとかなるかも知れないが、ジェニスの町はそうじゃない。種族間での争いが発生すれば、取り返しの付かない結果を招くかも知れない。

「なんとか出来ないのですか、カエデ様。ロイド様が統治される町の噂はご存じでしょう？」

「ええ、良く知っています」

権力を振りかざして、自分の思うままに統治を進めている。

――それ自体は、決して悪いことではない。

個々の小さな不幸を握りつぶし、町全体に大きな幸福をもたらす。領主の考え方としては決して間違ってはいない。……その行動が理にかなっていれば。

歳を考えれば決して暗愚ではないが、上に立つ者としてはまだまだ至らない。しかも、この町に来るアレンという少年は、ロイドと比べても評価は低いとの噂だ。

執事が町の行く末を憂うのも当然だった。

「それでも、我々は受け入れるしかないでしょうね。とはいえ、言いなりになるつもりはありません。もしもこの町の状況を理解できない愚か者なら、私が身を挺《てい》して止めます」

カエデは胸の前でぎゅっと手を握り締める。彼女はたとえ自分の命を差し出したとしても、ジェニスの町の住人を守る覚悟だった。

◆◆◆

ジェニスの町へと向かう直前。

馬車で出発する前にクリス姉さんに挨拶をしておきたい。そんな風に思ったのだけど、なぜかクリス姉さんは捕まらなかった。代わりに、会いたくもないロイド兄上に出くわしてしまう。

「……ちっ、おまえか。上手くやったようだな。だが、あれは運が良かっただけだ。それがおまえの実力だと思って調子に乗らないことだな」

出し抜けにそんなことを言われる。

更に――

「まあいい。せいぜい徒党を組んで掛かってこい。小物同士が徒党を組むのは当然の戦略だからな。次期当主に相応しい俺が纏めて叩き潰してやる」

ロイド兄上は言いたい放題に言うと、どこかへ立ち去っていった。俺はなにを言ってるんだこいつって心境で、その後ろ姿を見送った。

「なぁ、レナード。上手くやったって、兄上はなにを言ってたんだ？」

「それはデビュタントのことじゃないか？」

「……デビュタント？　本来なら自分でバームクーヘンを発表して、その場で他領との取り引きまでこぎ着けるつもりだったんだぞ？」

クリス姉さんだって、本来なら自分の力で大成功を収めていたはずだ。それらが兄上の妨害工作のせいで瓦解した。調子に乗る理由がなにひとつない。

「ロイド様はそれを知らないからな。おまえがクリス様の支援を受けたおかげでデビュタントを大成功させたと思って嫉妬しているんだろ」

「……嫉妬？　クリス姉さんの支援が羨ましい、と？」

実はシスコンだったのか？　とか思ったが、レナードはそうじゃないと笑った。

「ロイド様のデビュタントは金に飽かしただけだったからな。クリス様はもちろん、おまえのデビュタントにも劣っていた。だから、だよ」

「……ふむ。それで調子に乗るな、か」

「おまえが予定通りにデビュタントを成功させていたら荒れてただろうな」

そこまでかよって思ったが、あのデビュタントで嫉妬したというのならあり得るかもな。

でもなぁ……俺を貶《おとし》めても、自分が上がらなきゃ意味ないだろ。俺に嫉妬してる暇があるなら、自分の領地をより良くする方法を考えれば良いのに。

「……そういや、どうしてロイド兄上はこの屋敷にいつもいるんだ？　二年前から町を一つ統治してるはずだろ？」

「あぁ……なんでも、この屋敷の方が暮らしやすいからだそうだ。それで、大半はこの屋敷から指示を出しているらしい」

「はぁん？」

「アレンもそうするか？」

「ねぇよ。自分が管理する町を見なくてどうするんだ」

当主になれば、各町を代官に任せるのは当然だけど、いまはその任される側の立場なのだ。離れた町から指示を出すなんて非効率なことをするつもりはない。

「それでこそアレンだ。それじゃ、さっさとジェニスの町へ向かうか」

「……そうだな」

結局、クリス姉さんに旅立ちの挨拶は出来なかった。

その後、俺はジェニスの町へと旅立った。

方角的には北東で、アストリー侯爵領へ少しだけ近くなる方向。旅人や馬車によって踏み固められた地面を、馬車にガタゴトと揺られながら進むこと数日、ようやく町が見えてきた。

「あれが俺の統治する、ジェニスの町か」

田舎町と聞いていたが、思ったよりも大きく見える。そういえばデビュタントの準備に忙しくて自分が統治する町について聞いていなかった。

「レナード、町の人口がどれくらいか分かるか？」

「当然だ。最近の調査によると、一万くらいだそうだ」

「田舎町と聞いていたが、意外と規模が大きいのか？」

「人間の数で言えばその三分の一くらいだな。残りは全て他種族だ」

「……他種族？」

「イヌミミ族が人間と同じくらいいて、残りはネコミミ族やウサミミ族、それにエルフなんかも暮らしているそうだ」

「それは……珍しいんじゃないか？」

この国は人間の治める国で、他種族の国はそれぞれ別に存在している。そんな他種族――それも複数の種族が一緒に暮らす町が存在しているとは知らなかった。

「勉強不足だな」

「すまない、これからはあらためる」

いまの俺は反省するが、前世を取り戻す前の俺は色々と諦めていた。ウィスタリア伯爵領を治めるつもりなんてなかったのだから仕方がない。

そんなわけで説明を求めると、レナードはジェニスの町の歴史を教えてくれた。

もともと、他領を追われたイヌミミ族が勝手に作った集落から始まった。最初は小さな集落であるがゆえに目こぼしされていたそうだ。

だが、次第に大きくなって無視できなくなった。そんなある時期、彼らは周辺に発生した魔物に悩まされることになる。

それを聞いた当時のウィスタリア伯爵が従属と引き換えに保護を約束した。それ以来、イヌミミ族はウィスタリア伯爵に忠誠を誓っているそうだ。

「ふむ。それがどうして、他種族の集まる町になったんだ?」

「この国は他種族にとって暮らしやすい国ではないからな。そんな中で、安心して暮らせる場所が出来たんだ。どうなるかは、考えるまでもないだろう?」

「安寧の地を求めて他種族が集まってきた訳か……」

三分の一ほどが人間であることを考えれば関係は良好なんだろうが、どうしてそんなややこしい町の統治を俺に任せるのやらである。

「人口はそこそこだが、基本的には自然豊かな田舎町だ。それが他種族の習慣に影響しているのかは分からないが、あまり変化を望んでいないように見える」

「それは……なかなか手間取りそうだな」

俺はただ町を維持すれば良いと言うわけではなく、次期当主として相応しい能力を発揮し、町を発展させなければいけない。

変化を望まぬ町が相手では、あれこれ試すことは難しいだろう。

「ちなみに町を管理しているのはイヌミミ族の代表だ。おまえが代官になることでその地位からは退くが、町の代表であることに変わりはない」

「……おい。なんかむちゃくちゃ不穏なんだが？　ちゃんと俺が町を管理できるんだろうな？」

「管理できなければ、次期当主の資格なしとみなされるだろうな」

「はっはっは、笑うしかねぇな」

出来るかどうかではなく、やれということらしい。非常に厄介な町を任されたことは理解できたが、父上の期待の表れだと思っておこう。じゃないとやってられない。

普通の改革は憶測で進める必要があり、予想外の結果に終わることも珍しくはない。新しい物一つ開発するのだって、失敗に終わることもたくさんあるだろう。

だが、俺には前世の記憶があるという利点がある。

それを上手く活かせば改革は成功する。問題はどうやって住民の支持を得るかだな。無理強いしないように気を付けないと住民の反発を買うことになる。

父上がいつ後継者を決定するか分からないけど焦りは禁物だ。俺だけじゃなくてクリス姉さんの未来にも影響するかもしれないし慎重に、だけど大胆に改革を進めよう。

それからしばらく馬車に揺られているうちに町へと到着。町の中心にあるこぢんまりとしたお屋敷で、町の管理をしているものと面会することになった。

「ジェニスの町へようこそ、アレン・ウィスタリア様。私はジェニスの町の代表を務めているカエデと申します」

イヌミミ族の妖艶な女性が赤い髪を揺らしながら艶っぽく微笑んだ。ただし、アメジストのような瞳には警戒の色が浮かんでいる。

「ずいぶんと警戒しているようだな？」

「……正直に申し上げても？」

躊躇いがちにカエデが尋ねてくる。そう尋ねるだけで既に答えているようなもので、本人にもそれは分かっているのだろう。その瞳にはある種の決意が浮かんでいる。

だから俺は構わないと続きを促した。

「では単刀直入に。我らはウィスタリア伯爵に忠誠を誓ってはおりますが、その器にない者にかしずくつもりはございません」

「なるほど。では俺の指示には従うつもりはないと？」

「……現当主の命令なので、基本的にはあなたの指示には従いますが、ジェニスの町に不利益をもたらすような指示であれば、この身に代えても拒否させていただきます」

「分かった、それで問題ない」

気に入らない相手だからというだけで、内容にかかわらず拒絶されることを考えれば、不利益をもたらさない限り従ってくれるのは十分に許容範囲内だ。

だが、カエデは目を大きく見開いた。

「……ずいぶん、あっさりと納得されるんですね。なにを企んでいるのですか？」

「人聞きが悪いな。あんたの要求が予想の範囲内だったから安心しただけだ」

「反発されることが予想の範囲内、ですか？」

「この際だから言っておく。俺はこの町に改革をもたらすつもりだ。だが、住民の意見を無視して推し進めるつもりはない。不利益をもたらす指示だと思ったら反対してくれ」

住民の反発を買わないように気を付ける必要がある。その判断をカエデが下してくれるというのなら、存分にその役割を果たしてもらう。

「強制はしないと？」

「俺がここに来たのは、当主たる器であることを証明するためだからな」

「北西の町を治めるロイド様は、その権力を存分に振るうことで次期当主の器であると証明しているようですが？」

「おぉう……」

ロイド兄上は俺と同じような状況で、おまえ達もウィスタリア伯爵領の民であるのなら、次期当主である俺に従え——的な圧力を掛けることで纏め上げたようだ。

兄上らしいというか、なんと言うか……

「言いたいことは分かった。だが、俺はロイド兄上とは違う。現地の者達の意見も聞かずに改革をするつもりはないから安心してくれ」

「……それは、アレン様の行動を見て判断させて頂きます」

カエデは素っ気なく言い放った。だが、先ほどまでと比べて少しだけ目元が柔らかくなったように見えるのはたぶん気のせいじゃないだろう。

「それじゃ、さっそく行動を以《もっ》て示さないとな。まずはこの町の資料をみせてくれるか？」

「ええ、もちろん。資料室を好きに使っていただいて構いません」


カエデの許可を得た俺はさっそく資料室へと移動して町の資料を読みあさった。

この町で作られている農作物の種類やその収穫量。そういった情報を基に、この町の特色なんかを読み解いていると、レナードが資料を覗き込んできた。

「その手の情報はこっちでも調べてあったんだが……なんか気になることでもあったか？」

「あぁ、他種族の暮らす町だって聞いたから、どういうものを食べてるのか気になったんだが、人間と変わらないんだな」

麦を中心に、後は各種野菜の畑が少々。肉は家畜が少々で、近隣の森での狩りが主な供給源となっているようだ。お世辞にも供給が安定しているとは言い難い。

「それから年ごとで見ると、畑の収穫量のばらつきが大きいな」

「あぁ、それはその年の降雨量によって実りが左右されるからな」

「……干ばつか？　だが、近くに大きな川もあるし、この辺りは雨も多いだろ？」

「いや、少し雨が少ないだけでも影響する。水路を引いていないからな」

「……は？」

一瞬理解できなかった。

この付近は雨が多いため、雨任せの農業が昔ながらのやり方だそうだ。最近は水路やため池を利用する地域も増えているがこの田舎町に水路は存在していないらしい。

「水路がないのか。それくらいなら受け入れられそうだな」

効果が分かりやすく、水路を掘るだけなので町の改革の第一歩としても悪くない。そう思ったのだが、レナードは水路を引くのは難しいと口にした。

「なんでだ？　イヌミミ族は水路を掘ったら呪われるとでも思っているのか？　さすがにそこまで迷信的な種族じゃなかったはずだぞ？」

「いや、もっと現実的な理由だ。近くに川はあるが、町の方が高い場所にあるんだ」

「あぁ……高低差的に川から水が引けないのか」

前世の国では、どこの畑にも水路が引かれていた。なにか方法があるはずだが……貴族の家を追われてから冒険者になった俺はその方法までは知らない。

低いところの水を、高いところにあげる方法、ねぇ……？

前世の国には手押しポンプなるモノがあったが、いくら桶《おけ》で汲むより楽だからと言って、畑に必要な水をずっと手押しポンプで流すのは無理があるな。

「魔導具ならいける、か？」

「魔導具がどうかしたのか？」

「いや、魔導具で川の水を少し上に持ち上げれば水路に水を引けるだろ？」

前世の国では、貴族の家には魔導具による配水システムが存在していた。魔導具を使って水を水路に流し、それを畑に流し込むことは可能だろう。

「たしかに水を持ち上げることが出来れば水路に流せるかもしれないが、そんな魔導具は見たことも聞いたこともないぞ？」

「だから、開発したいんだが……誰かあてはないか？」

一人くらいあてがあるだろうと思って聞いたのだが、既存の魔導具を作る程度の魔術師ならともかく、新しい魔導具を作れるような魔術師は誰かに雇われているのが普通らしい。

「若い魔術師を雇って育てるとしても、相当な時間が掛かるだろうな」

「マジか。良い案だと思ったんだけどな」

「あら、綺麗で優しくて、ついでに優秀な魔術師ならここにいるわよ？」

不意に透明感のある声が聞こえた。

4

資料室で作業をしていた俺達の前に姿を現したのは、ゆるふわなロングヘアが特徴的な少女。ここにいるはずのないクリス姉さんだった。

「クリス姉さんがどうしてここに……?」

「あなたに恩を返しに来たのよ」

クリス姉さんはそう宣言して、ゆっくりとした足取りで俺の前へと歩み寄って来た。そうして椅子に座る俺を見下ろして、柔らかな微笑みを浮かべる。

「あなたがお父様に、あたしに慈悲を与えるように言ってくれたそうね」

「あぁ、そのことか。別に気にしなくて良いぞ」

「あら、ダメよ。あたしを恩人に恩も返さない恥知らずにするつもり?」

クリス姉さんは緑色の瞳を細めると、椅子に座っている俺の頭をぎゅっと抱きしめた。クリス姉さんの豊かな胸に俺の顔が埋《うず》もれる。

「ちょ、クリス姉さん?」

「……ありがとうね、アレン。あなたのおかげであたしを馬鹿にしたロイド兄様に意趣返しが出来

たし、束の間とはいえ自由を手に入れることが出来たわ」

いきなり抱きしめられて驚いたけど、本当に感謝されているらしい。だったら否定する必要もないだろうと、どういたしましてと感謝を受け取った。

しかし、胸が柔らかいと言うかなんと言うか……恥ずかしいんだけどな。

「クリス姉さん、そろそろ放してくれないか？」

「あら、どうして？」

「どうしてって……それは」

「あら、お姉ちゃんのおっきな胸の感触に興奮しちゃった？　アレンがそうしたいのなら、手で触って感触を楽しんでも構わないのよ？」

「ちょっ!?　な、なに言ってるんだよ！」

俺が胸の中で慌てふためくと、クリス姉さんはようやく拘束を解いてくれた。俺がホッとして顔を上げると、クリス姉さんはイタズラっぽく笑っていた。

「あのね、アレン。あたし、決めたわ」

「……決めたって、なにを？」

一連のやりとりからなにを決めたと言うのか、予想が出来なさすぎてちょっと怖い。

そう警戒する俺の目の前で、クリス姉さんはおもむろに跪《ひざまず》いた。そうして俺の右手を取り、手の甲を自らの額に押し当てる。

──それは、貴族にとって最上級の感謝や尊敬を示す行為だ。

「クリス姉さん？」

「あたしは今日このときより、あなたのために働くわ」

「……どういうことだ？」

「優秀な魔術師を探しているんでしょ？　だから、あたしを雇いなさい」

「それは……良いのか？　というか、許されるのか？」

姉さんがどこでなにをするかは父上の決めることだ。

たとえ姉さんと俺が望んだとしても、元後継者候補の姉さんを自分の陣営に引き入れるなんて認められるはずがない──と思ったのだけど、既に父上の許可はあるらしい。

「……よく許可が出たな」

「当主ではなく、当主の補佐を目指したいと言ったら許可してくれたわよ。でもって、あなたに伝言があるわ。周囲の者を取り込むのも当主として必要な才能ですって」

父上はずいぶん柔軟な思考の持ち主だな。

ロイド兄上なんかは、絶対文句を言いそうな──

「その話、兄上も知ってるのか？」

「え？　ええ。あたしが出発する少し前に聞いたみたい。反発してたけど、お父様から許可をもらったって言ったら黙ったわ。でも、それがどうかしたの？」

「いや、町を出るときに、徒党がどうとか言ってたから」

なにかと思ったら、クリス姉さんの件だったんだな。

「ごめんなさい、あたしのせいで嫌な思いをさせちゃったわね」

「いや、なんのことか分からなかったくらいだから気にしてない。それより、本当に協力してくれるのか？　もし協力してくれるのなら、さっそくお願いがあるんだけど」

「ええ、もちろんよ。なにか作って欲しい魔導具があるの？」

「ああ、実は――」

この町の事情を説明して、早急に認められる必要があることを打ち明ける。そしてその手段として、用水路に水を引くために高いところに水を供給する魔導具が欲しいと相談した。

「用水路ってことは、相応の水をずっと汲み上げ続けなきゃいけないのよね？　可能か不可能かでいえば可能だけど、コストがよくないわ。かなりの魔石を消費するわよ？」

「どれくらいの量だ？」

「水量にもよるけど、一日で複数の魔石が必要でしょうね」

「それは、厳しいな……」

魔物の体内で生成される魔力を帯びた石を魔石と呼ぶ。

強力な魔物から取れる大きな魔石は、消費した魔力を魔術師の手によってチャージすることも可能だが、普通の魔石は使い捨て。

そして普通の魔石一つで、灯り程度なら数週間単位で使用することが出来る。そんな魔石を毎日いくつも消費し続けたら維持費も馬鹿にならない。

だけど、前世の国では川より高い場所にも水路があったんだよな。どうやってたんだ？　魔導具じゃなくて、ほかの方法で水を引いてたのか？

……うぅん、考えても分からないな。

「この町はもともと降雨のみで農業をしているんだ。雨が少ないときだけ使用するようにしたらどうだ？　それならかなり魔石の消費を抑えられるだろ？」

隣で資料を読んでいたレナードが提案してくる。そういえば、同じ部屋にいたんだったな。こいつの前でクリス姉さんの胸に抱きしめられてたとか、ちょっと恥ずかしい。

そんなわけで俺は慌てたのだが、クリス姉さんはなにやら目を丸くしている。

「どうかしたのか？」

「え？　いや、彼はアレンの相談役兼お目付役なのよね？」

「そうだけど？」

「そうだけどって……なんで、あんなにぞんざいな態度なのよ。もしかしてあなた、彼にまだ認められてないの？」

「あぁ……それな。なんかいまの態度に馴染んだから、そのままにしてもらったんだ。というか、クリス姉さんも同じような感じだったのか？」

「ええ、最初はね」

やっぱり、クリス姉さんも同じ苦難を乗り越えているようだ。そうなると、あれは父上の課した試練であり、ロイド兄上も同じ苦難を乗り越えているのだろう。

やっぱり、俺に従え――みたいな力業で乗り越えたんだろうか？　俺は苦労したのに、ずいぶん簡単に従えたんだなと思う反面、それで本当に認められているのかとも疑問に思う。

「アレン？」

「あぁいや。えっと……水不足のときだけ使用する、か。コスト面が解決するまでの急場しのぎとしてはありだな。普段はため池にでも水を貯めておくか」

水を常時汲み上げて川の支流のように出来るのなら、ため池で魚の養殖とかも考えたのだが、水をあまり流せないなら難しそうだ。

「取り敢《あ》えず、水の配水システムを魔導具で作ってくれるか？」

「構わないけど、まずは研究室を作るところからだから、すぐには無理よ？」

「分かってる。けど、クリス姉さんだけが頼りなんだ」

「し、仕方ないわね。出来るだけ早く作ってあげるわよ！」

クリス姉さんはツンと顎を反らして言い放つと、さっそく研究室の手配をすると言って資料室を飛び出していった。

「アレンは乗せるのが上手いな」

「なんのことだ？」

「なんだ、天然か」

なにやら呆れられた。


その後、俺は町の様子を自分の目で見るために屋敷を抜け出した。踏み固められた砂利道を歩きながら町の様子を観察する。

モフモフなイヌミミ族に、その他様々な種族が表通りを行き交っている。だが……田舎町であることを差し引いても、少々活気が足りないように思える。

なにも問題がないという訳ではなさそうだ。

しかし……本当に様々な種族が一緒に暮らしてるんだな。この国ではもちろん、前世の国でも少数派の種族は迫害されていることが多かった。

この町はかなり特殊なケースだろう。

「お兄さん、お花を買ってくれませんか？」

「……ん？」

袖を引かれて立ち止まると、イヌミミ族の女の子が花かごを手に俺を見上げていた。十歳前後くらいだろう。少し薄汚れているが、なかなかに可愛らしい女の子だ。

「いくらだ？」

「一束で銅貨一枚です」

全部買い占めても一食分にもならない程度の値段でしかない。見たところ家なき子というわけじゃなさそうだが……なんでそんな割に合わないことをしてるんだ？

気になった俺は、少し多めのお金を少女の手に握らせた。

「わ、わふ？　なんだか、たくさんあるよ？」

「全部買うから、少し話を聞かせてくれないか？」

「……お話しすれば良いの？　それなら喜んで！」

花束と引き換えに対価を支払うと、少女は花かごの花よりも満開の笑みを浮かべた。

俺達は話を伺うために道の脇へと移動する。

「まずは自己紹介だ。俺はアレン。キミは？」

「アオイは、アオイだよ」

「そっか。ならアオイ。キミはどうして花を売ってるんだ？」

「それは……生活のためだよ」

幼い女の子からいきなり重い答えが返ってきた。

とはいえ、半ば予想していた答えでもある。よほどの必要に駆られなきゃ、田舎町の道の真ん中で花を売ったりはしないだろう。

「親はいないのか？」

必要だからと尋ねるがすぐに後悔することになる。アオイが瞳に大粒の涙を浮かべたからだ。緑色の瞳が涙でうるうると揺れる。

「お父さんがいる、けど……お母さんは先週死んじゃった」

「……そう、か」

よりによってつい最近。

少しでもその悲しみをなんとかして上げたくて、アオイの頭を撫でつける。

「お兄さん？」

「いや、辛いことを聞いて悪かった。それで……お金に困ってるのか？」

「……うん。いつもは森で薬草を採ったりするんだけど、最近は森の浅いところにもイノシシみたいな黒い魔物が出没してて、入っちゃいけないって言われてるの」

「イノシシみたいな黒い魔物……ブラックボアか」

魔物にはおおよそのランク付けがされているが、ブラックボアはBランク。安全に狩るには中級冒険者くらいの実力が必要だと言われている。

ダンジョンなんかでは珍しくないが、田舎の森で見かける魔物としてはかなり凶悪だ。

「名前は分からないけど、お母さんもそいつに殺されたの……」

うぐ。続けて地雷を踏み抜いてしまった。

罪悪感に溺れそうだ。

しかし……魔物の被害が出てるのか。カエデの奴、なんで対処してないんだ？

後で確認する必要がありそうだな。

「お兄さん。その……ア、アオイの、は……花も、買って、くれませんか？」

「……はい？」

花ならさっき買っただろうと思ったが、アオイの花という言い回しに首を傾げる。でもって、真っ赤になっているアオイを見て、もしやという考えに至った。

「……アオイの花って、もしかして……そういう意味か？」

答えは返ってこない。

だが、覚悟を秘めた緑色の瞳が、なによりも雄弁に答えを物語っていた。

「そこまで……生活に困ってるのか？」

「今年は畑が不作で、お母さんはそれを補うために森へ採取に行って死んじゃったんです。お父さんも、凄く辛いはずなのに頑張って……でもそれでも足りなくて」

俺の脳裏に、学んだばかりのこの町の事情が浮かび上がる。

町全体として見れば、平均的な生活水準に達している。だが、最近広がった区画で暮らす新参者達の生活はそれほど裕福じゃない。

彼らは農業や畜産で足りない分を森の恵みで補っていた。なのに農作物の収穫量の減少と、森に出没した魔物の被害が重なっている。

一つ一つは小さい被害でも、重なることでアオイのような存在が現れている。

「お父さん、今度森へ狩りに行く、って言ったの」

「え？　でも、森は危険なんだろ？」

「うん、だからもしかしたら帰って来られないかもしれないけど、そのときは許して欲しいって言われた。でもアオイ、お父さんにまで死んで欲しくないの。だからアオイを買ってください」

お　も　す　ぎ　る！

誰だよ、のどかな田舎町とかいった奴！　家の生活を守るために花を売ろうとする女の子に出くわすような町のどこがのどかだ。

こんな平和は俺が認めない。俺が、この町を変えてみせる。

「俺が、俺がアオイ達を助けてやる」

「えっと……アオイのこと、買ってくれるんですか？」

「違う、そうじゃない。……いや、そうだな。俺がアオイのことを買ってやる。ただし、花を買うわけじゃないから勘違いするなよ」

代官として、アオイ一人を助けるのは偽善だ。

だから、最初に助けると言ったのは魔物をなんとかするという意味だったのだが、魔物を退治するまでアオイやその父親が無事とは限らない。

偽善でもなんでも構わない。寝覚めが悪いのはごめんである。

「えっと……お兄さん、アオイ、どうしたら良いんですか？」

「あぁ、俺のところで働いてくれ。仕事の内容は、主に町の情報収集とか、かな」

たとえば用水路の件。この町の住人がどんな風に思うかを調べてもらう。その他、この町の住民がどんなことを望んでいて、どんなものを嫌っているかなどなど。

そういった仕事をしてもらうことにする。

もちろん、レナードにも調べさせるつもりだが、同じイヌミミ族で、彼らから見ても不幸な少女だからこそ聞ける話もあるかもしれない。

なんて、実際のところは半分くらいはこじつけだ。

情報収集が上手くいかなければ、屋敷でメイドでもしてもらえば良い。ただ単に、知り合った子供が不幸になるのを放っておけなかっただけ。

だから――

「どうだ、引き受けてくれるか？」

「……はい、はい！　お兄さん、ありがとうございます！」

アオイの嬉しそうな顔を見て俺は満足した。

5

アオイには手付金を渡し、明日から屋敷に顔を出すように伝える。ついでに家まで送って父親に挨拶して、使用人として雇う旨を伝える。

最初は疑われたけど、最終的にはむちゃくちゃ感謝されて娘をお願いしますと頼まれた。アオイから聞いてたとおりの娘思いの良い父親だった。

そんなわけで、打ち解けたところで話を聞いてみたんだが、やっぱり魔物の被害は続いているらしい。半年くらい前から魔物の目撃情報があって、最近は畑にまで被害が及んでいるそうだ。

それを聞いた俺は、なぜいまだに対処されていないのかを聞くために屋敷へ戻った。

「あら、お早いおかえりですわね。町を実際に見に行ったのではなかったのですか？」

カエデが俺を見てそんな言葉を口にした。俺が出掛けたのは知ってるはずだから、ちょっと町を見ただけで視察をしたつもりになっているのかって嫌味だろうな。

「問題が見つかってな。だから途中で切り上げた」

「……問題、ですか？」

「魔物による被害が半年ほど前から広がってるらしいな」

町の不利益になるのなら、身を挺しても俺の指示に反発する。そんなことまで言っていた者が、町の抱えている問題を放置するのはどういうことなのか。

そんな痛烈な批判が伝わったのだろう。カエデの顔に張り付いていた作り笑いが消える。

「その反応。知っているのに放置していたな？」

「その言われようは心外です。放置していたのではなく、対処できなかったんです」

「どっちにしても、苦しんでいる民にとっては同じことだ」

「ですが、統治者としてはまったく意味が異なります」

飢饉に見舞われているのならともかく、平時に幼い娘が生活のために花を売ろうとするのはかなりの異常事態だと思うのだが……相応の事情があると言いたいらしい。

「納得できるだけの理由を聞かせてもらえるんだろう？」

「我々では魔物を退治することが出来ない、それだけです」

「なにを言ってるんだ？　これだけの規模の町なら、兵士だって一定数はいるだろ？」

人口が一万として、少なくとも数十人くらいの兵士はいるはずだ。

だが、カエデはそんな俺の疑問にため息をついた。

「有事の際に兵士となる役目を負った農民はいます。ですが彼らはなんの訓練も受けていない。ましてや不慣れな森に現れた魔物と戦わせるなど自殺行為です」

この町で暮らす住民は平和に慣れ、戦うことに慣れていないらしい。イヌミミ族といえば身体能力の高い種族なので少し意外だった。

「だったら、領主である父上に頼んだらどうだ？」

「被害があるとはいえ、月に一、二件ほどです。当主が動いてくれると思いますか？」

「……それは、無理だな」

もちろん、町が自力で解決出来ない問題を解決するのが領主の務めだ。だが、客観的に見て町が自力で解決出来ない問題とは言えない。その程度で騎士を動かしていれば、他の町も助けを求めてきてきりがなくなる。自分達で解決しろと言われるのがオチだろう。

「だったら……」

冒険者を雇えば良いというセリフは呑み込んだ。

冒険者が活動するのは、魔物が多くいる辺境やダンジョンのある地域。このような平和な町に冒険者が来ることは滅多にない。

遠方の冒険者を招くとなれば、移動期間も考慮する必要がある。

森に住む魔物を掃討するのにも時間は掛かるし、報酬には相当な上乗せが必要になる。偶然通りかかった冒険者に依頼できれば安く依頼できるが……

「あぁそうか。冒険者が通りすがるのを待っている訳か」

「ええ。それで失われる命があることも分かってはいますが……」

カエデの顔が悔しげに歪《ゆが》む。

それはたしかに、統治する側にとってはやむにやまれぬ事情だった。

金に飽かせていますぐ冒険者を雇えばこれから死ぬかもしれない数名の命を救うことが出来るが、その金をほかに使えばより多くの命を活かす方法がある。

大のために小を切り捨てるというのは、上に立つ者として必要な判断だが……

「それなら、兵士を使って森の魔物を間引くべきじゃないか？」

「言ったでしょう？　兵士とは名ばかりだと」

「だが、有事の際に使えない兵士など意味はない。なにより、大のために小を切り捨てる判断をするのなら、ここで躊躇うべきじゃない。それは被害を恐れているだけだ」

「……言ってくれますね」

苦渋に満ちた表情を浮かべる。

おそらく、カエデにはカエデの言い分があるのだろう。だが、カエデだって俺の言い分を聞こうとしないのだからお互い様である。

「ひとまず事情は分かった。そういうことなら、俺が魔物を間引いてこよう」

「……あなたの護衛、ですか？」

「いや、ここに来るときに同行した護衛は父上配下の者で既に帰還している」

「では――」

「俺が自分で魔物を退治してくると言っているんだ」

前世の俺は兄に追放された後、冒険者として生活していた。自分で一流などと言うつもりはないが、ブラックボア程度であればいまの俺でも対処できる。

「アレン様がどれだけ自分の腕に自信があるか知りませんが、上に立つ者が軽々しく命をかけるのは感心しませんよ？」

「命の価値は同等ではないと？」

「……違いますか？」

カエデの瞳に苛立ちの色が滲《にじ》んでいるのは、俺の発言に対するものか、はたまた自分で口にした考えが気に入らないからか……おそらくはその両方だろう。

「たしかに同等ではない。上に立つ者はより多くの命を救うことが出来るからな。だが、俺の命の価値はほかの奴らと変わりない。いまの俺は後継者候補の一人でしかないからな」

「……だから、次期当主である器を示すために命をかける、と？」

「出来ることをする。ただそれだけだ」

一般人にとっては危険な魔物でも、訓練を受けた者にとってはそこまで恐れる相手じゃない。猪突猛進なイノシシそのものだ。

いまの俺の身体は子供だが、それを差し引いても十二分に勝てる相手だ。ここで引き下がるつもりはないと、俺はカエデの視線をまっすぐに受け止める。

ほどなく、カエデのアメジストの瞳に諦めが滲んだ。

「……本気、のようですね」

「もちろん、冗談でこんなことは言わない」

「仕方ありません。それではブラックボアの退治に兵を動員しましょう」

「ああ。……あ？」

ではは好きにしてくださいという答えを期待していたのに、なぜそんな結論に至ったのか訳が分からない。戸惑う俺に対して、カエデは溜め息交じりに「策士ですね」と続けた。

「……なにを言ってるんだ？」

「私があなたの要請を拒否し、兵を動かさずにあなたが死んだなら、ご当主は私やこの町を許してはくれないでしょう。それを見越した上で、自分が出ると言い張ったのでしょう？」

「いや……本気で自分でなんとかするつもりだったんだが」

「体つきを見れば分かります。ろくに剣も振るったことがないでしょ？　そんなあなたに、ブラックボアが狩れるはずがありません。もし本気で狩れると思っているのなら、ただの世間知らずですが……そうは見えません」

褒められているのか貶《けな》されているのか。

いや、たしかに十六歳になったばかりの子供が戦えるとは思わないよな。

実際、この身体はほとんど鍛えていない。前世の記憶を取り戻してから鍛えるようにしているが、筋肉がつくのはもう少し先だろう。

客観的に見て、戦えるように見えないのは当然だ。

ただ……困った。

ある程度の被害を覚悟して魔物を退治して、町の安全を買うのはベターな選択だ。ただしそれは、ほかにより良い方法がなければという前提がつく。

俺が森に行けば、時間は掛かるが安全に敵を減らすことが出来る。ついでに言えば、それによって住人の信頼を得られるかもしれない。

対して、いきなりやって来た俺の一声を理由に兵を動かして被害を出したら、魔物を退治したとしても俺に対する不満が集まる。

だが、あんな風に牽制された上で、俺が一人で行くと言い出したら信用を失うだろう。

兵士に被害が出ないように鍛えるか？

……いずれは必要なことだが、いまから鍛えていたら色々と手遅れだな。

厄介だ。凄く厄介だ。俺自身の利害を考えたら、カエデに責任を押しつけて、このまま町に被害が出るのを見ていた方がマシなレベルである。

なにか、ほかに被害を抑えてブラックボアを退治する方法は……

……ん？　ブラックボア？　そういえば、前世の俺が立ち寄った中に、ブラウンボアを狩って食料にしている村があったな。

わりと美味い肉だった記憶があるが……問題はブラウンボアを村人が狩っていたことだ。ブラックボアに比べればかなり弱いが、村人にとって脅威なのは変わりがない。

それを狩っていたのは、たしか――

「少し思いついたことがある。兵士をいつでも動かせるように準備をしておいてくれ」

今後の流れを頭の中で組み立てつつ、怪訝な顔をするカエデを置いて部屋を出た。


カエデとの話し合いを終えた後、その足でクリス姉さんのもとを訪れた。俺が町を視察していたわずかな時間で、屋敷に研究用の部屋を用意してしまったようだ。

改装された客間に、魔導具を開発するための設備が並んでいる。クリス姉さんはそんな部屋の机に向かって、なにやら紙に書き込んでいた。

「クリス姉さん、頼みがあるんだが……」

「え、お姉ちゃんの身体に興味があるの？　もぅ、仕方ないわね。こっちに来なさい」

「誰もそんなことは言ってない」

と言うか、仕方がないという顔がまったくもって仕方なさそうじゃない。

気の強いクリス姉さんはどこへ行ったのだろうか。さすがに本気にするつもりはないが、この変わりようにちょっと戸惑う。

「それで、アレンのお願いってなぁに？」

「あぁ、実は作って欲しいものがあるんだ」

「えっと……魔導具で水を用水路に流すのよね？」

「いや、それより先に作って欲しい。魔導具である必要はないんだけど、こう……板を踏んだら、わっかにした縄が引っ張られるような感じの道具が欲しい」

「あぁ、踏み板式ククリ罠ね。獣の被害でも出てるの？」

クリス姉さんがあっさりと目的を看破する。それどころか、俺が前世の記憶を頼りに説明した罠にも心当たりがあるらしい。

「クリス姉さんはその罠を知ってるのか？」

「獣の被害が多い領地ではわりと有名な罠よ」

「そうなのか。なら、この町にもあるかな？」

「んん……森が近くにあるし、猟師だっているでしょう？　探せば罠を作ってる人はいるんじゃないかしら？　なにを捕まえたいの？」

「ブラックボアなんだ」

コテリと首を傾げていたクリス姉さんが目を見開いた。イノシシや鹿みたいな普通の獣を予想していたんだろう。

「ブ、ブラックボアはさすがに普通の罠じゃ無理ね。あぁ、つまりアレンはあたしに、ブラックボアを捕まえられる罠を作って欲しいのね。しかも、出来るだけ早く」

「……頼めるか？」

「あたしの交換条件を叶えてくれるなら」

「……交換条件？　俺に出来ることなら構わないけど」

「それなら問題ないわ。アレンにしか出来ないことだから」

そう言ってクリス姉さんが俺に伝えた交換条件はいまいち良く分からないものだった。

「そんなことで良いのか？」

「そんなことが良いのよ」

「良く分からないが、クリス姉さんがそれで罠を作ってくれるのなら」

俺はクリス姉さんの要望通りに背後に回り込み、クリス姉さんを軽く抱きしめた。そうして耳元に唇をよせ「クリス姉さん、お願い」と囁《ささや》く。

途端、クリス姉さんはその身を震わせた。

「……クリス姉さん？」

「し、仕方ないわね。アレンがそこまでお願いするのなら頑張ってあげるわよ」

「いや、姉さんがお願いしろって言ったんじゃないか」

「黙りなさい、作ってあげないわよ？」

「お願いします」

「ふふっ。じゃあ、頑張って作ってあげる」

さっそく罠の設計図を描き始める。ちょっぴり頬を染めたクリス姉さんはなんだか可愛くて……

それ以上に意味が分からなかった。

6

クリス姉さんは一日でブラックボアを捕まえる罠の設計図を描き起こしてしまった。

しかも、この町の猟師が作っていた罠を調べ、それを改造するだけで作れる仕様にしてくれたので、わずかな期間でブラックボアを捕まえるための罠が一定数完成した。

クリス姉さんは俺が思っていたよりもずっと優秀だったらしい。

そんなわけで、俺は動員した兵士を連れて森へ入った。

カエデには猛反対され、クリス姉さんやレナードにまで止められたが、最終的にはレナードを護衛として連れて行くことで納得してもらった。

護衛としての訓練も受けているらしい。

本音をいうと、間違いなく俺よりも弱い。いざというときに護《まも》らなくてはいけない相手を連れて行くのは厄介だが、誰かに心配されるというのは新鮮だ。

面倒だと思う反面、悪い気もしなかった。

「アレン様、ありました」

森に少し入った辺りで、同行してもらった猟師がブラックボアの痕跡を見つける。いくつか行き来した足跡があることから、この辺りをブラックボアが通り道にしているようだ。

「よし、この辺りに罠を仕掛けてくれ。ただし、必ず複数人で移動して、決して周囲の警戒を怠るな。もしブラックボアが現れたらすぐに俺を呼べ」

イヌミミ族にネコミミ族、更にはエルフなど。

他種族で編成された兵士達――と言っても、普段は農業を営んでいる町の住民だそうだが、彼らは緊張した面持ちで頷《うなず》いて、何組かに分かれて周囲へと散っていく。

「俺を呼べ、じゃねぇぞアレン。ブラックボアが現れたらおまえは後ろで待機だからな？」

「分かってるよ」

レナードの苦言に俺はしれっと嘘を吐いた。いまから約束を破る素振りを見せていたら、いざというときに最優先で止められるからな。

動くときは予備動作を見せず迅速に、だ。

「しかし、ずいぶんと森の浅いところにまでブラックボアが出てきているんだな」

魔物というのは、大気中に存在する魔力素子《マナ》の濃い場所を好む。ゆえに、魔力素子《マナ》が濃い場所に町が作られることはない。

結果、人里に魔物が現れることはあまりない――はずなのだ。

「たんにブラックボアが増えすぎたんじゃないか？」

たしかにレナードの予想が一番ありうる可能性だろう。同じ餌を食べる動物が増えすぎれば食糧が不足して、他所《よそ》から食料を得るために移動を開始する。

それは動物であれば――人間であっても珍しくはない。

だが、それはつまり、森の奥にはたくさんブラックボアがいると言うことになる。ほかに変な原因があっても困るが、魔物の大量発生というのも出来れば遠慮したいところだ。

「兵士の訓練は急いだ方が良さそうだな」

「あん？　アレンは魔物の出現が今後も続くと思っているのか？」

「それは分からないが……今回みたいに問題が発生してから対処してたら間に合わないからな。可能性がある以上、対策は取れるうちに取っておいた方が良いだろ」

「だが、この町の兵を鍛えるのは……」

レナードが表情を曇らせた。

「そんな顔をしなくても予想はついているさ。この町にまともな防衛力がないのは、他種族には叛《はん》意《い》がないと証明するため……いや、証明させられているから、か」

魔物以外にも、脅威となる者が現れないとは限らない。なのに、一万人ほどいる町にまともな兵士がいないというのは本来あり得ない。

だが、この町が他種族の集まる町だと考えれば察しはつく。

様々な種族が暮らす町で、人間だけを兵士として危険な戦いを強いることは不可能だ。だが、他種族を兵士として鍛え上げると言うことは、他種族が武力を持つと言うことだ。

そうなれば人間が不安を抱く。ゆえに当時のウィスタリア伯爵家は彼らを保護する代わりに、他種族から戦う力を取り上げたのだろう。

「おまえはそれを理解した上で、彼らに力を与えるつもりなのか？　彼らを纏めるカエデが叛意を抱くとは思わないのか？」

「あぁ……カエデな。あれはかなりくせ者だな。俺が自分で魔物を退治しに行くと言ったら、兵士達を森に派遣すると即断したぞ」

「それがどうした？　おまえに無謀を許してなにかあれば、当主から相応の罰が与えられるだろうことは想像に難くない。それを避けるのは当然だろう？」

「ああ、その通りだ。だが、民兵を派遣する必要はなかった」

俺は一度言葉を切り、作業をしている連中に話し声が聞こえないことを確認する。

「カエデには、冒険者を雇って退治させるという選択もあった。だが、民兵に魔物退治をさせたら無視できない被害が出ると理解した上で、カエデは兵の派遣を即断したんだ」

「命より金を取った、と言うことか？」

レナードが眉をひそめる。

「いや、俺の予想は違う。カエデは今後のことを考えて兵を派遣した。目的はおそらく、自衛の戦力を手に入れることだ」

「まさ、か……兵士の犠牲を織り込み済み、と言うことか？」

俺は無言で頷いた。

民兵達に魔物を退治させれば相応の被害が出る。町民の不満は着任早々に無茶な指示を出した俺、ひいてはウィスタリア家へと向けられるだろう。

「被害が出たところで父上に訴える。これはウィスタリア領主一族の失態ではない。ジェニスの町にまともな兵士がいないことが問題である――ってな」

拒否すればジェニスの町の民に不満を抱かせることになる。それを避けるために、最小限の防衛兵力の所持を認める必要がある。

どっちがマシかという問題だが、今後も魔物が現れることを考慮すれば後者。おそらく父上は、ジェニスの町に兵力の所持を認めるだろう。

「カエデは……叛意を抱いているのか？」

「それはない。もしそんなことをしたら、ウィスタリア伯爵家どころか国を敵に回して一瞬で潰される。それが分からない奴じゃない。それに……編成された種族を確認してみろ。イヌミミ族、ネコミミ族、エルフ……」

「人間がいない、のか？」

「父上の不興を買わないためだろうな」

だが……おそらくはそれも腹案、もしくは苦肉の策。それを選ばなくてはいけなくなったのは、俺が一人で森に行くと言い出したから。

苦渋の決断で民兵の派遣を決めたというのに、俺がその兵士達に同行してしまった。今頃、俺のことを苦々しく思っているだろう。

もっとも、ブラックボアと真正面から戦うのではなく、罠を仕掛けて退治という選択をしているので、そこまで心配してないかもしれないけど、な。

「決断が出来ないと言ったのは悪かったな」

いまとなっては、カエデが魔物の被害に対してなにもしなかったわけではなく、なにもしないという選択をしていたことは明らかだ。

個々の命ではなく種族全体を護るために、非情な選択を続けていたのだろう。

「だから、町に戻ったら兵士の訓練を提案する」

「彼らから力を奪ったのは、ウィスタリア伯爵家だろ？　ご当主の機嫌を損ねないか？」

「力を奪ったのは過去の当主だし、いまはその対価であったはずの安全が脅かされている。だから兵を鍛えることに問題があるとは言わせない」

それに――と、俺は父上の思惑を考える。

ジェニスの町の住民が自分達の意思で兵力を増強したら問題になるが、町を統治する俺が父の許可を得て私兵を鍛える分には文句の言われようがない。

それを見越して、俺を派遣したのかも――なんて、考えすぎかもしれないけどな。

「本当に兵力を増強するのか？」

「本気だ。それにもしダメだと言われたら、ウィスタリア伯爵家の兵士を派遣してこの町を護ってくれと交渉する」

　別に造反が目的じゃないので、町が護られるのなら過程はどっちでも良い。というか、伯爵家の兵士に護ってもらった方がお金が掛からなくていい。

　それを聞いたレナードは、そういうことならと納得してくれた。

「そういう訳で、兵士を鍛える人材に当てはないか？」

「兵士を鍛える人材、か。……引退した騎士に心当たりがある。歳を理由に騎士団から引退したが、兵士を鍛える分には問題がないはずだ」

「ふむ。そういうことなら、カエデにこの町の資金を使えるように交渉する。おそらくは断らないはずだ。レナードはその騎士の説得をしてくれるか？」

「ああ、任せておけ」

　兵士とは名ばかりの獣人達がおっかなびっくり罠を仕掛けるのを遠目に、俺はこの町の未来予想図を描いていった。


　罠の成果が出たのは、わずか数日後のことだった。

　執務室で書類仕事をこなしている俺の元にレナードが駆け込んできた。

「おいアレン、朗報だ。さっき巡回の兵士から連絡があって、罠に掛かっていたブラックボアを発見、無事に退治することが出来たそうだ」

「よくやった！」

俺は思わず机に手をついて立ち上がった。まだたった一体だが、被害を出さずに脅威を排除できたという点が大きい。住民の不安を払拭《ふっしょく》する好機だ。

「それで、退治したブラックボアをどうするか質問が来ているが……どうする？　売れば十分な金額になると思うが……」

「いや、討ち取った証拠として公開して、焼き肉にでもして皆に振る舞おう」

ブラックボアの図体は二、三メル（一メル＝一メートル）くらい。食べられる部分が三分の一程度だとしても、一口サイズに切り分ければ千人単位で振る舞えるはずだ。

「売ればそれなりの金になるが……良いのか？　いまはなにかと入り用だろ？」

「その通りだが……まずは根回しだ。ブラックボアを無事に倒せたという事実と、奴の肉が美味で売り物になるという事実を住民に知らしめる。あと、兵士に臨時報酬も忘れるな」

ブラックボアを狩ることの価値を引き上げ、兵士達のやる気を引き出す。そうして増えすぎたブラックボアをどんどん罠に掛けて減らしていけば、いずれは町の安全が取り戻せるだろう。

あまりやる気を出させすぎると、ブラックボアが絶滅する可能性もあるが……危険な魔物が絶滅する分には困らない。収入はあくまで臨時と捉えて、そのあいだに色々と考えるべきだ。

焼き肉の手配はレナードに任せ、俺はカエデの執務室へと向かう。カエデはなにやら書類に目を通していたが、手を止めて俺へと視線を向けた。

「アレン様、どうかしたのですか？」

「それはなにをしてるんだ？」

「町から上がってきた嘆願書ですわ。ブラックボアの被害のほかに、農作物の収穫量が減っているなど、いくつか問題が挙がっていますね」

俺は思わず目をまたたいた。

「……なんですか？」

「いや、素直に教えてくれるんだなと思って」

ブラックボアの件同様に、俺に介入して欲しくなくて黙っていると思ったのだ。そんな心の声が聞こえたのか、カエデは席を立って俺の前までやって来た。

「兵士から報告を聞きました。被害を出すことなく、ブラックボアを退治したそうですわね」

「まだ一体だけどな」

「それに、この町には自衛のための兵士が必要だとご当主様に進言して、許可を取ってくださったそうですわね」

「必要だと感じたからやったまでだ」

「それでも、私にはどうしても出来なかったことです。いままでの非礼をお詫びするとともに、あなたに心からの忠誠を誓いますわ」

表情を和らげたカエデが頭を下げた。お辞儀かと思ったが、なんだかちょっと違う。頭を撫でてと突き出しているようにも見える。

「……なにをしてるんだ？」

「イヌミミ族は自分が忠誠を誓った相手にだけ、耳や尻尾に触れることを許すんです。ささ、どうぞ、ご存分にモフってください」

「……よく分からんが、こうか？」

俺はカエデのふわふわな毛に覆われたイヌミミを撫でつける。カエデはとくに反応しないが、なんだかパタパタと音が響いている。

ちらりと見ると、カエデのシッポがパタパタと揺れていた。

……これ、カエデが喜んでるだけじゃないのか？　色気あふれる妙齢の女性がシッポを振っているのは……なんだか妙な光景だな。

「ひとまず、俺を認めてくれると言うことで構わないのか？」

「もちろんです。あなたが町のためを考えてくださっているのは事実ですから。もちろん、私が認めたからと言って、町の住民全てが従うわけではありませんが……」

「それは仕方がない。徐々に信頼を勝ち取ってみせるさ」

カエデの協力を得られたことが大きい。

俺はさっそく、ブラックボアの肉を振る舞う計画を話す。

「私は忠誠を誓った身。アレン様の指示に従います」

「いや、俺に無条件に従うんじゃなくて意見を聞かせてくれ」

カエデに町の総意を諮《はか》る役割を果たしてもらいたいという思いは変わらない。

「そうですね。予算的には売ってしまいたいところですが、言い分はもっともだと思います。明日の昼にでも振る舞えるようにしましょう」

「なら、レナードが準備をしているはずだから、協力して一緒にやってくれ」

俺に従うというのなら、レナードとも上手くやって欲しい。

俺の心の声は通じたようで、カエデはお任せくださいと微笑んだ。色々大変だったけど、今回の一件で上手く信頼を勝ち取れたようだ。

この調子で信頼を失わないように頑張ろう。

「あぁ、そうそう。さっき、農作物の収穫量が落ちてるって言ってたけど、それはその年の降雨量が影響してるんだよな？」

「ええ、その通りです。他にも原因はあると思いますが、それが一番の理由ですね」

「なら、ちょうど提案がある。この町の畑に水路を引こうと思ってるんだ」

「それは私も考えたことがあります。ですが――」

「川の方が低いんだろ？　知ってる」

だったらどうしてと言いたげなカエデに、水路を引くための計画を説明する。最初は怪訝な顔をしていたカエデだが、コスト軽減案を説明した辺りで身を乗り出してきた。

「ため池を作って、非常時にだけ水を使う。そして魔石の消費量を抑え、その魔石はブラックボアから供給する、という訳ですか……あなたは、どこまで計画していたんですか？」

「魔石の件はただの偶然だ。それより、水路を引く資金を捻出できるか？」

「冒険者を雇わずに済んだことで浮いた資金と、今後ブラックボアを売って得られる資金を計算に入れれば可能だと思います。それもただの偶然だとおっしゃるのですか？」

「偶然だぞ？」

「……そう、ですか。では、あなたには天意が味方しているのでしょうね」

カエデが嬉しそうにシッポを振る。偶然だと信じているか怪しい。買いかぶられている気がするが……その期待に応えられるように精進しよう。

7

ブラックボアの肉を振る舞って、魔物の脅威に対抗する目処《めど》が立ったことを町の住人達に知らしめてから数日。更に追加で二頭のブラックボアの退治に成功した。

そのうち、罠を逃れて警戒心の強くなったブラックボアが現れたりするかもしれないが、重要なのは個体数を減らすこと。

そうして彼らの餌が不足しなくなれば、人里に現れることも減っていくだろう。

と言うことで、俺はアオイの家を訪ねた。

「アレンお兄さん、いらっしゃい！」

扉を開けたアオイがパタパタとシッポを振ってじゃれついてくる。カエデのときも少し思ったけど、本能的な部分がイヌっぽい。

「アオイ。元気してたか？」

「お兄さんのおかげで凄く元気だよ！　ブラックボア、退治してくれてありがとうね。お父さんも凄く喜んでたよ！」

「そかそか。でも、まだ数体倒しただけだから、しばらくは気を付けるんだぞ？」

「うん！　お父さんも近所のおじさんも、もう少し安全になるまでは森に入らず、みんなで助け合って頑張るって。アレンお兄さんのおかげだって、みんな言ってるよ」

「……そっか」

ふと気付いたけど、代官としてなにかを成して、それを領民に感謝されるのは初めてだ。不意打ちだったけど、達成感があって嬉しいな。

「ところで、お兄さん。アオイになにかご用？」

「あぁ、そうだった。頼んでた件、出来てるか？」

「うん。お兄さんにもらった羊皮紙に纏めてあるからちょっと待っててね」

アオイはパタパタと奥へ走って行くと、すぐに羊皮紙を持って戻ってきた。それを受け取った俺はどれどれと目を走らせる。

纏められているのは、住民達の生の声。カエデも言っていたが、町の住民が不安に思っているのはやはり、魔獣の件と農作物の収穫量が減っていることが多い。

ほかには、農具の不足なんかが書かれている。

「この農具の不足って言うのはなんだ？　町で売ってないのか？」

「えっとね……それは、遠くの農村出身の人なの。その農村で使われてた農具が、この辺りでは使われてないんだって。あれば便利なのにって愚痴ってたよ」

「……あぁ、そっか。そう、だよな」

新しい農具の存在を知らなければ、欲しいという要望すら上がってこない。不満がないからと言って、その方面が充実しているとは限らないんだ。

「アオイ。その農具のことを詳しく聞いておいてくれ。それから、この町の畑ではどんな農具を使って、どんな風に作業をしているのか実際に見てみたい。案内してくれるか？」

「うん、もちろんだよ～」

アオイは元気よく頷いて「えへへ、お兄さんとお出かけだぁ」と腕を絡めてくる。どうやら、俺と一緒に出かけるのが嬉しいらしい。

なんと言うか……素直で愛らしい。

どこぞの俺を振り回すわがままな妹とは大違いだな。

「アオイはずっとそのままでいてくれよ」

「わふ？　えっと……うんっ！」

愛らしいアオイの頭を撫でつけて、俺は農場へと足を運んだ。


「ここがうちの畑だよ～」

アオイが連れてきてくれたのは町外れにある農場。遠くにはアオイの父親や、近所の人とおぼしき人達が畑仕事に精を出している。

「ホントに水路がないんだな……」

「うん。川が低いところにあるから無理なんだって。でもでも、井戸はあるんだよぉ」

アオイが指差した遠くの方に、ぽつんと井戸が存在している。だが、畑の面積を考えると、あの井戸で水をやるのは重労働過ぎる。

とくに、井戸から少し離れるだけで地獄のような手間が掛かるに違いない。

「ちなみに、畑はどういう方式なんだ？」

「どういうって……どういうこと？」

「なにをどんな間隔で植えてるか、とか？」

「えっとねぇ……」

アオイの説明によると、連作障害の対策はなされているようだ。

ただし、畑を連続で使わずに休ませる程度の対策で、前世の俺が聞きかじった方法と比べると、ずいぶんと不完全な対策のように思えた。

前世で薬草栽培を手がけたときに、農村出身の冒険者に少し教えてもらったことがある。

彼の故郷では連作障害を避けるために、穀物、牧草、家畜飼料などを四年サイクルで植えていたそうだ。牧草に土壌を改善する効果があるとかで、休ませる必要がなくなるらしい。

ついでに言えば、冬の家畜飼料を確保できることから、一年を通じて家畜の飼育が出来るようになったことが大きいと言っていた。

それまでは、冬には家畜を殺していたので、かなり効率がよくなったそうだ。

総合的に考えてかなりの効率アップが図れるはずだが、気候や土壌、作物の種類によっても変わってくる可能性はあるだろう。

俺の知識は聞きかじりだから、実施するのは慎重を期する必要がある。

とはいえ、実験をしなければ有用かどうかの確認も出来ない。

それに、父上がいつごろ次期当主を決めるか分からないが、五年も十年も掛けていたら手遅れになる可能性が高い。出来るだけ早く、有用だという確証が欲しい。

「なぁ、アオイ。お父さんに相談して欲しいことがあるんだけど」

「相談？　なにを相談すれば良いの？」

「新しい農業の方法。もしそれで不作になったらその分は補償すると約束するから、テストケースとして実験に付き合って欲しいんだ」

連作障害の一環として畑を休ませるという概念がある以上、連続でなにかを植えるという方法には難色を示す者も多いはず。

だけど、この町で実際に成功した例があれば、ほかの農民達も受け入れやすい。その成功例になってもらうべく、俺はアオイの父親と交渉することにした。


それから数ヶ月。

ブラックボアの退治は順調で、肉や毛皮がこの町の特産品となりつつある。そうして得た資金を活用することで、水路を掘る資金も確保することが出来た。

それに、水を汲み上げるための魔導具も試作品が完成した。水路の完成まではまだもう少し掛かりそうだが、今日は実際に水路に水を流してみることになった。

川に支流を作り、その支流から農場へ続く水路まで水を持ち上げる。そのための魔導具を、動員した兵士達に設置してもらう。

「それじゃクリス姉さん、よろしく頼む」

「ええ、分かったわ。それじゃ貴方達、これを支流に取り付けてちょうだい」

クリス姉さんの指示で、兵士が魔導具の設置を始める。

ちなみに、前世の国にあった手押しポンプと見た目がかなり似ている。あっちは魔導具ではなくカラクリの類いだったけど、原理は似ているのかもしれない。

「どうかしたの？」

「あぁいや、井戸とかにも流用できるかなと思って」

「アレンがそう言うと思って、将来的にはほかの物にも使えるように設計してあるわ」

魔導具で水を汲み上げるにはコストが掛かりすぎる。それでも非常用として魔導具を欲したのは、水路で必要なくなっても応用する道があったからだ。

現段階ではそこまで説明してなかったのに、クリス姉さんはそれを踏まえて製作してくれたようだ。俺よりもよっぽど、先を見通す目を持っているな。

「さすがクリス姉さんだな」

「あら、ありがとう。でも本当に凄いのはあなたの方よ。魔導具を平民のために作るなんて、あたしじゃ思いつきもしなかったもの」

「そうなのか？」

「魔導具といえば、貴族が優雅な暮らしをするために作る物よ。灯りのように平民に広まった魔導具もあるけど、最初から平民のために作るという発想はなかったわ」

「そうか？　貴族の暮らしは領民に支えられている。だから平民の暮らしを豊かにすることは結局、自分達の暮らしをよくすることに繋がるだろ？」

「そう考えられるあなたが特別なのよ」

クリス姉さんは、まるで自分のことのように嬉しそうに微笑んだ。だけど、不意になにかを思い出したかのようにその笑顔を曇らせる。

「ねぇ、アレン。一つ聞いて良いかしら？」

「ん？　なんだ？」

「アストリー侯爵家の令嬢と婚約したって聞いたんだけど……どうして断らなかったの？」

「え、どうしてそんなことを聞くんだ？」

　フィオナ嬢が前世の妹であることはもちろん秘密だ。だから、どうしてそんなことを聞かれるのかと警戒してしまう。

「ほら、アストリー侯爵家っていまは落ち目でしょ？　たしかに血筋は立派だけど、アレンが現時点で婚約するほどの利点はないと思うのよね」

「そう、だな。俺も血筋を手に入れると言うだけなら断ってたと思う」

「なら、どうして？　もしかして……あたしのせい？　あたしの政略結婚を保留にする交渉材料で、お父様と取り引きしたんじゃない？」

「……ん？　あぁ、違う違う」

　様子がおかしいと思ったら、自分のせいで俺が婚約したのかもって心配してたのか。どうりで歯切れが悪いわけだ。

「俺がフィオナ嬢と婚約したのは、彼女の知識量が凄かったからだよ」

「そう、なの？　まだ十五歳だって聞いたけど、アレンがそんな風に言うなんて凄いのね」

感心半分、疑惑半分ってところかな。

ただ、姉さんが疑ってるのは俺がクリス姉さんのために嘘を吐いている可能性だろう。前世の妹であることを隠してるとは思わないはずだ。

「彼女の知識量についてはあえば分かると思うぞ」

「ふぅん、そっか。まぁ……アレンが納得しているのなら構わないわ」

「納得、納得かぁ……」

「あら、やっぱりなにか問題があるの？」

「いや、そういう訳じゃないんだが……」

まさか、婚約者が前世の妹で悩んでるなんて口が裂けても言えない。

「なによ、なにかあるのなら言ってみなさいよ。もしかして、性格が悪いとか？」

「いや、フィオナ嬢にはなんの問題もない」

外見は可愛いし、性格だって悪くない。ただ、中身が前世の妹なだけで。

「……あの、さ。クリス姉さんは兄妹《きょうだい》で結婚って、どう思う？」

「ふぇっ!?　きょきょっ、姉弟《きょうだい》で結婚!?」

クリス姉さんが信じられないと目を見開いた。

「……やっぱり驚くよな。肉体的には他人でも、精神的には家族として繋がってる。そんな二人が結婚するなんておかしいよな」

「そ、それは……えっと、ちちっ、血が繋がってないなら、問題ないんじゃない、かしら？」

「え、そうかな？」

「す、少なくともっ、ああっあたしは問題ないって、その……思う、わよ？」

俺を見上げるクリス姉さんの頬が赤らんでいる。それに、よく見ると瞳も潤んでる気がするけど
……もしかして、熱中症か？　今日は日差しが強いのに長話をして、もう少し気を使うべきだった。

自分の持っていたタオルをクリス姉さんの頭に乗せる。

「……アレン？」

「ごめん、急に変な話をして。この話はここまでにしよう」

「……そう、ね。いまのあたし達が踏み込める話じゃないわよね。まずはこの町を豊かにして、アレンが当主になってから考えましょう」

……あれ？　俺が当主になったら婚約破棄を考えてることは言ってないのに、クリス姉さんはそこまで察してるのか？　そのうえでこんな風に心配してくれるなんて、クリス姉さんは優しいな。

庶子である俺と、優秀な娘として養女になったクリス姉さん。最初はギクシャクした関係が続いていたけど、姉弟として上手くやっていけそうな気がする。

「ありがとう、その言葉だけで十分だ。ひとまず……領地の話に戻そう」

「ええ、頑張ってこの町を豊かにして、お父様に認めてもらいましょう」

「ああ、よろしくな」

あらためて、一緒に経営を頑張ろうと約束を交わす。

それからほどなく、魔導具の設置完了の知らせが入った。クリス姉さんの指示のもとで魔導具を起動すると、パイプが川の水を吸い上げ、用水路へと水を流し始めた。

「おぉ……水が流れたぞ！」

「これで、晴天続きのときにも、畑に水をやることが出来るぞ！」

兵士達が歓声を上げる。

水量は手押しポンプで水を流し続けているくらい。川として機能させるには苦しいが、一度ため池に水を貯めてしまえば、普段は蒸発分を補うだけで済む。ひとまず、雨が降らないときに使うくらいはなんとかなるだろう。

「さすがクリス姉さん、完璧だ。ありがとうな」

「ふふっ、アレンの役に立てたのなら嬉しいわ。でも、もう少し改良するわね。このままだと水に交じったゴミを吸い上げて詰まったりとかもありそうだしね」

「なるほど、その辺は任せるよ。……うん、クリス姉さんに頼んで良かった」

俺はそこまで気が回らなかったし、外注だと注文通りにしか出来なかったはずだ。

これで、町の住人達も少しは信頼してくれるだろう。そうすれば、新しいことを始めるときに、力を貸してくれる者達も増える。

次は新しい農具を始めとした道具の開発。そのために必要な職人の募集。他の町から色々な物を仕入れ、様々な物を作っていこう。

そんな風に思ったそのとき、レナードがやって来た。

「アレン、問題が発生だ」

「……問題？」

「ああ。この町へやって来る商隊の数が減って、色々な物が不足しそうになっている」

商隊が来なければ、従来の品はもちろん、新しい物を作るために必要な素材も揃わない。いきなり出鼻を挫《くじ》かれるような報告に目眩《めまい》を覚えた。

異世界姉妹と続ける町開発

1

ジェニスの町の付近に森はあれど、鉱山を始めとした資源の取れる場所がない。町を活性化させるためには、他の町との取り引きが不可欠だ。

なのに、町にやって来る商隊の数が減っている。

商人達にこの町が見限られつつあるのなら由々しき事態だし、街道で盗賊かなにかが出没しているのなら早急に手を打たなければいけない。

原因を探るべく、レナード達に早急に調査してもらった結果——ジェニスの町に商隊が来ないのは、ロイド兄上の政策が原因だと発覚した。

「またロイド兄上なのか……」

お屋敷の会議室。

レナードの報告を聞いた俺はため息を吐き、カエデとクリス姉さんは眉をひそめる。

報告によると、ロイド兄上が自分の治めている町の様々な税を引き下げたそうだ。それによって町の住民の購買意欲が上がり、行商人達がロイド兄上の町へと集まった。

その結果、周辺にある町――つまりはジェニスの町などに商隊が来なくなったというわけだ。

「税を下げただけじゃなくて、ジェニスの町へ商隊が行かないように圧力も掛けているらしい。明らかに、アレンに対する嫌がらせだな」

「嫌がらせでここまでするとは……」

その続きは呑み込んだ。ロイド兄上のことよりも物資の不足をなんとかする方が重要だ。商隊を誘致する案がないかと仲間達に話し合ってもらう。

「……うぅん。商人が来ないなら、商隊を編成して買い付けに行かせるとかどうかしら？　カエデ、商隊を編制することは可能かしら？」

「出来なくはないですね。ただ……」

「ええ、分かってるわ。コストが高くなるのよね」

クリス姉さんとカエデが意見を交わしている。

その方法は俺も考えたが、この町にはこれといった特産品が存在しない。買い付けに馬車を出すと行きが空になるため、どうしても輸送費がかさむ。

出来れば最終手段としたいところだ。

「近場の領主と直接取り引きする道を探してみるのはどうだ？」

俺は二人の会話を聞いて思いついたことをレナードに相談する。

「それが出来れば最高だが、アレンにあてはあるのか？　ロイド様の町に商隊が集まっているのは、あそこでの取り引きが得だからだぞ？」

「金銭以外の利を示せば可能じゃないか？」

ロイド兄上がいつまで税を下げるつもりかは知らないけど、経済を活性化した後のことを考えていなければ、いつまでも続くはずがない。

「将来的な利益を取り引き材料にする。問題は、うちと手を組むことが長期的な利益に繋がると思ってくれる者が見つかるかどうかだな」

目先の利益に走るより、俺と手を組んだ方が得だと思わせるのだ。

問題は、現時点で俺と手を組むことが利益に繋がると思わせる材料がないと言うこと。バームクーヘンをこの町で作っていれば話は違ったんだが……さて、どうしたものか。

「ねぇアレン。商人を集めることも重要だけど、兄様への対抗策も取るべきじゃない？　先手を打たれたわけだし、放っておくとお父様の評価に影響しない？」

「ん？　あぁ……いや、ロイド兄上は放っておけば自滅するから問題ないぞ」

俺がそう口にすると、レナードとカエデは同意する素振りを見せた。だが、クリス姉さんだけはキョトンとして小首を傾げる。

「ロイド兄様はあなたへの嫌がらせをしつつ、自分の町も活性化させたでしょ？　それなのに自滅するって……どういうこと？」

「たしかに活性化はしてるけどな。被害を受けた町はジェニスだけじゃない。資源を輸入している周辺の町は多かれ少なかれ被害を受けているはずだ」

その中には他領——オーウェル子爵領も含まれる。ウィスタリア伯爵領と隣接する、古くから付き合いのあるお隣さんだ。

彼らも俺達と同じように商隊が減少した理由を調べ、ロイド兄上の政策が原因だと知った頃だろう。ロイド兄上に良い印象を抱いているはずがない。

「もちろん、大きな飢饉などに対する応急処置とかであれば目こぼしされるだろう。もしくは、相応の対価でも差し出していれば文句は言われないが……」

だが、対価を支払えば金銭的にプラスになるはずがなく、政策としては失敗だ。そして対価を支払っていなければ周囲の不興を買ってやはり政策としては失敗だ。

どう転んでも父上からの評価が上がるはずがなく、俺に対する嫌がらせ以外にはなり得ない。

良策だと思い込んでついでに俺に嫌がらせをしているのか、損得勘定をかなぐり捨ててまで俺に嫌がらせをしているのか、どっちなのかは気になるが……それだけだ。

「……あなたはロイド兄様のこと、相手にすらしてないのね」

「いや、別に相手にしてないわけじゃないぞ？」

「でも、面倒な相手くらいにしか思ってないんでしょ？」

俺は返答を避けて肩をすくめた。

「アレンは凄いわね。あたしも負けないように頑張らなくっちゃ」

「俺もクリス姉さんのことは凄いと思ってるんだけど？」

今度はクリス姉さんが肩をすくめた。

「そのことは良いわ。なんにしても、いま必要なのは物資不足を解決する方法だけなのね？」

「ああ、その通りだ。道連れだけは避けないとな」

ロイド兄上がどうなろうと関係ないが、ジェニスの町に迫った問題を解決出来なければ、父上は確実に俺の評価を落とすに違いない。

そうでなくとも、物資が不足したら俺のやりたいこと全部が停滞する。

どうしたものかと話し合っていると、使用人からフィオナ嬢が訪ねてきているという知らせを受けた。予想外のことに俺は思わず目を瞬かせる。

「フィオナ嬢がここに来たって言ったのか？　来るって知らせが届いたんじゃなくて？」

「ええ、既に応接間でお待ちです」

「マジか……」

貴族がなんの先触れもなくやってくるなんて普通はあり得ない。緊急事態でもなければ、数日前に連絡するのが一般的である。

なんだか分からないけど、ひとまずは会議を中断してフィオナ嬢と会うことにする。

クリス姉さん達には休憩を取ってもらい、俺は応接間へと移動する。フィオナ嬢――というか妹のエリスは、俺を見るなりソファから立ち上がった。

「アレン様、本日は突然申し訳ありません。早急にご相談したいことがありまして、こうして先触れもなく飛んできてしまいました。どうかお許しください」

「分かった――というか、ここには俺しかいないから、かしこまらなくて大丈夫だぞ？」

「あぁ、そうなんだ。だったら、楽にさせてもらうね」

深窓の令嬢の化けの皮は一瞬で剝《は》がれてしまった。腰を下ろしたエリスは豊かな胸を揺らしつつ、ソファにだるんともたれ掛かる。

「いやまぁ……良いんだけどさ。それで、急ぎの相談ってなんだ？」

「とある町の税が下がって、周辺の商人が集まってるのは知ってる？」

「あぁ、その話か。ちょうど対策を話し合っていたところだ」

ロイド兄上の嫌がらせである可能性が高いこと。ロイド兄上はそのうち自滅する可能性が高いが、うちまで巻き込まれそうなこと。

その対策として、どこかの領主と直接取り引きをしようと考えていることを話す。

「そうなんだ。それじゃ、ちょうど良かったね」

「……ちょうど良かった？　どういうことだ？」

「その取り引きの相手に、アストリー侯爵家が名乗りをあげるってことだよ」

「……む？」

ちょっと驚いた。

「どうしたの？　そんなに驚いた顔をして」

「いや、だって……アストリー侯爵家は資源の輸出で成り立ってる領地だろ？　いまは資金難だし、短期的な利益とはいえ、見逃すのは惜しいんじゃないか？」

「まぁ……正直に言えばそうだね。お父様も目先の利益を優先しようとしてたみたい。でも、私が説得したの。ここは我慢して、兄さん――アレン様と手を組んだ方が絶対に良いって」

「ふむ。ここにいるってことは、説得できたってこと、だよな？」

アストリー侯爵領は銅や錫《すず》が産出される。災害続きで産出量は減っているそうだが、それでも相応の輸出量がある。優先して輸出してくれるのなら一気に問題は解決するだろう。

「うん。条件付きだけど説得してきたよ」

「……条件付き？　割増料金とか言うんじゃないだろうな？」

婚約が成立したため、アストリー侯爵家には資金援助することが決まっている。割増料金を払うのなら、ほかの領地とあらたな縁を結んだ方が良い。

「大丈夫。安くは出来ないけど、高くもしない。値段は相場通りで考えているよ。その代わり、二つほどお願いがあるの。どうかな？」

どうもなにも、内容を聞かないことには判断できない。そう言って続きを促すと、フィオナ嬢は二つの条件を口にした。

一つ目は、資金援助を前倒しするように父上に頼んで欲しいと言うこと。そして二つ目は、この町の産業に一枚噛ませて欲しいと言うことだそうだ。

「資金援助の前倒しは分かるが、この町の産業に一枚噛ませてって言うのは、具体的にどういうことを考えているんだ？」

「必要な素材を今後も優先してうちから輸入することと、いつか手を広げるときに、うちの領地に工房を作って欲しいということだよ」

「素材の輸入は願ったり叶ったりだけど、工房を作るって言うのは……」

たしかに、ジェニスの町で全てを作ることなんて出来ない。

だが、ウィスタリア伯爵領に工房を作れば父上から感謝されるが、アストリー侯爵領に作っても俺の利益には繋がらない。

資源の輸入と引き換えと言うには、いくらなんでも法外な要求すぎる。

「まだ私の話は終わってないよ。兄さんがなにから作るつもりか知らないけど、ウィスタリア伯爵領より、アストリー侯爵領の方が作りやすい物もあるでしょ？」

「まぁ……それはな」

かさばるような物の場合、輸入した素材を加工して輸出するよりも、素材を入手出来る領地で加工して輸出した方が面倒が少なくていい。

「でも、結局うちの利益がなくなるだろ？」

「だから、私の知識を提供するよ。でもって、二人の知識の中からアストリー侯爵領で作るのに適したなにかを、兄さんからって名目で提供して欲しいの」

「あぁ……そういや、自分では作れないって言ってたな」

ウィスタリア伯爵家が少々特殊で、この国で女性が政治に関わることは珍しい。アストリー侯爵家もそれに漏れず、エリスは自分の知識を活かす機会がないと言っていた。

「どうかな？　悪い話じゃないと思うんだけど」

「ふむ。……名目はどうするつもりだ？」

女であることを理由に知識を活かせないから、フィオナ嬢が俺に貴重な技術を提供したなんて打ち明ければ、アストリー侯爵の面目を潰すことになる。だがフィオナ嬢が技術提供したことを隠せば、俺は対価もなしにアストリー侯爵家に儲け話を提供したことになる。

現時点で、父上の評価を下げるような真似は遠慮したい。

「名目は、婚約者の実家への支援でどうかな？」

「だが、それだけじゃ……」

「分かってるよ。だから、収益の一部を兄さんに渡すって言うのはどうかな？」

「それなら文句は出ないと思うけど……良いのか？」

本来ならエリスが得られるはずの名誉と利益だ。にもかかわらず、俺が提供したという名誉を得て、利益の一部も得ることになる。

「私一人じゃどうにもならないことだから、兄さんの名前を借りることへの報酬だと思ってくれれば良いよ。それに、実家は救いたいけど、私はもうすぐ兄さんのお嫁さんになるんだもん。兄さんの利益を優先するのは当然だよ」

エリスは組んだ腕で豊かな双丘を寄せて持ち上げる。清楚なお嬢様のミスマッチなセックスアピールに目が離せない。ゴクリと喉から音がして、初めて生唾を飲み込んだことに気がついた。

——って、ちっがーうっ！　相手は妹！　前世の妹だから！　おおお、落ち着け俺。そしてエリスの言ってることがおかしいって気付け！

「な、なに言ってるんだ。俺とおまえの婚約は仮のもの。将来破棄する約束だろ？」

「それなんだけど、私……思ったんだよね」

「お、思ったって……なにを？」

嫌な予感がする——と思いつつ、どこかで期待する自分がいる。そんな乱れた心に翻弄されながら、俺は表情をきゅっと引き締めた。

「アストリー侯爵家が復興しても、どのみち長男が跡を継ぐんだよね。でもって、私はどっちにしても政略結婚させられちゃうでしょ？」

「まぁ……そうだけど。でも、選択肢の幅はグッと広がるだろ？」

現状だと、資金援助してくれる相手しか選べない。と言うか、俺が断っていたら、俺の父上と結婚させられていた可能性が高い。

だが、アストリー侯爵家が豊かになれば話は変わる。

フィオナ嬢はもともと由緒ある侯爵家のご令嬢なので、ぜひとも結婚させてくださいと良家の子息から縁談がたくさん持ちかけられるだろう。

前世の兄なんかと結婚しないで、その中から選べば良いと思う。

「兄さんは分かってない、全然分かってないよ！　たしかにいまよりはマシな相手が選べると思うけど、それでも兄さんの方が良いに決まってるじゃない！」

「え……」

い、いまにして思えば、あれこれして欲しいとわがままを言いつつも、ずっと俺に纏わり付いていた。まさかエリスは、俺のことが……本気で好き、だったのか？

～～～っ。ヤバイ、予想外だ。予想外すぎて反応に困る。

「あのね？　立場が逆転するってことは、私の嫁ぐ先は貧乏な可能性があるの。そうじゃなくても、この国の貴族は基本、女性に政治はさせてくれないんだよ？　兄さん以外の誰かと結婚しても、あんまり自由に過ごせないと思うんだよね」

「は？　え？　それって、もしかして……俺の方がマシってこと？」

「うん？　最初からそう言ってるよね？」

うﾞぁあああああああぁぁぁああああああああああああああああああああああああぁぁぁぁぁあああああぁあぁぁぁあっ！

なにがいまにして思えば俺のことが好きだったのかもだよ！　ドヤ顔でそんなこと考えた馬鹿はどこのどいつだ!?　ここにいる俺が馬鹿だよこんちくしょう！

「ちょ、兄さん？　急に身もだえしてどうしたの？」

「な、なんでもなかったことにしておいてくれ」

「なかったこと？　えっと……良く分からないけど、うん」

穴があったら入りたい。

妹に異性として好かれている――なんて恥ずかしい勘違いをして動揺する俺に交渉する気力なんて残っていなくて、ほとんどエリスの提案通りに取り引きが纏まった。

ひ、ひとまず、目下の問題は解決出来そうだから良しとしよう……

2

フィオナ嬢の仲介でアストリー侯爵家との取り引きが始まった。

資金援助やその他の取り引きはまだ成立していないが、この件に関しては急を要すると言うことで優先的に対応してもらった。アストリー侯爵には感謝してもしたりない。

アストリー侯爵領との取り引きが始まったことで品薄は改善したが……予想していたレベルにはまるで届いていなかった。

その原因を探っていたレナードが執務室へと姿を現した。

「原因は分かったか？」

「ああ、理由は二つだ。頭の痛い問題と懐の痛む問題、どっちを先に聞きたい？」

「……嫌な二択だな。ひとまず、懐の痛む問題から聞かせてくれ」

「分かった。懐が痛むのは、街道の質の問題だ」

レナード曰く、ジェニスの町からアストリー侯爵領へと続く街道はあまり使われていなかったらしい。だからあまり踏み固められていない。

積み荷をたくさん乗せた馬車は、柔らかい街道を進むのに時間が掛かる。それを改善するには街道の整備が必要だが、多額の資金が必要になる。

懐が痛む問題というわけだ。

「アストリー侯爵家に街道を整備する余裕はない。街道を整備するなら、こちらが主導になっておこなうしかない、か？」

「そうだな。だが、ウィスタリア伯爵家が主導ならともかく、ジェニスの町がそれだけの資金を捻出するのは無理があるぞ？」

「まぁ……そうなんだけどな」

将来的に考えると、出来るだけ早く街道の整備はおこなうべきだ。

だが資金がなければどうしようもない。どうしたものかと考え込んでいると、レナードが「そこまでする必要があるのか？」と尋ねてきた。

「おまえの兄が税を下げているのは一時的なものだ。それを乗り越えれば、アストリー侯爵領へ続く街道を整備する必要はないだろ？」

「そういえば、まだ話してなかったな」

フィオナ嬢との取り引き、表向きの条件をレナードに話す。

「詳細は後日に詰める予定だが、アストリー侯爵領との取り引きは今後も増えていくはずだ。そもそも、あの領地には様々な資源が眠っているからな」

鉱山から各種鉱石を採掘できる。いまは災害続きで採掘量が下がっているが、復興すれば色々と改善するだろう。ジェニスの町で産業を興す以上は様々な資源が必要となるので、近くにある資源が豊かな領地と仲良くしない手はない。

「なるほど。話は分かった……が、資金がないのは事実だぞ？」

「まぁ、そうなんだよな。出来るだけ早く整備したいが、それにこの町の資金を全部つぎ込むわけにはいかないし、ひとまずは保留だ。もう一つの話を聞かせてくれ」

街道の整備問題を棚上げして、もう一つの頭の痛い問題について促す。

「そっちはハッキリ言って最悪だ。ここ最近、ジェニスの町へと続く街道にだけ盗賊が出没して、馬車を襲うようになったらしい」

「……周辺に盗賊？　ここ最近、大きな飢饉とかはなかったはずだよな？」

盗賊の多くは食うに困った農民の成れの果てだ。

だが、近隣でそういった飢饉が発生したという話は聞かない。ジェニスの町で魔物の被害と不作が重なったが、それだって一部の住民でしかない。

馬車を襲う規模の盗賊が発生するような原因はなかったはずだ。

「アレンの言うとおり、盗賊が発生するような出来事はない。それなのに、このタイミングで、ジェニスの町付近にのみ盗賊が発生したとなると……」

「ロイド兄上の妨害工作、か？」

「証拠はないが、おそらくは……」

目眩がする。貴族の子息が部下に他領の商人を襲わせるなんて最悪だ。まだ事実とは限らないが、もしも事実なら越えてはならない一線を越えている。

「父上に報告するべき、だろうな」

幸か不幸か、フィオナ嬢との取り引きについて父上と話し合う必要がある。街道の警備についてはレナードに任せることにして、話し合いのついでに報告することにした。


ウィスタリア伯爵家のお屋敷。

執務室で父上と数ヶ月ぶりの再会を果たす。久しぶりに会った父上は、変わらず厳かな気配を纏い、山積みの書類にペンを走らせていた。

「アレンか。今日はわしに相談があるそうだな。一体どのような用件だ？」

父上は書類にペンを走らせたまま、ちらりと視線を向けて問い掛けてくる。

「はい。実は先日、フィオナ嬢が訪ねて来ました」

「ふむ。用件は資源の取り引きに関してか？」

「……やはりご存じでしたか」

資源の取り引きに思い至るということは、ロイド兄上の町へ商人が集まっていることはもちろん、周辺の町が困っていることまで把握しているのだろう。

「あれも、もう少し大局的なことを考えられれば良いのだがな」

父上が溜め息交じりに言うが、愚痴のようだったので聞こえない振りをする。そうして沈黙を守っていると、父上がペンを置いて俺を見た。

「それで、用件というのはロイドを止めろといった趣旨の話か？」

おまえはその程度のことでわしに泣きつくのか——と、そんな声が聞こえて来そうな冷たい視線を向けられる。俺はゴクリと生唾を呑み込み、恐れながらと口を開いた。

「税を下げたり、圧力を掛ける程度でとやかく言うつもりはありません。ただ、ジェニスの町へやってくる他領の商隊ばかりが、ここしばらく盗賊の被害に遭っているのです」

明らかにロイド兄上が関わっているというニュアンスを込めて打ち明ける。それに対して、父上は目尻を指で押さえてため息をついた。

「その件なら報告を受けている」

「でしたら、いますぐ止めてください。いまのところ人的被害は最小に抑えられていますが、それもいつまで続くか分かりません。このままでは両家間の騒動となりかねません」

ジェニスの町へやってくる商人の大半は、アストリー侯爵家のツテである。つまり、ロイド兄上が襲っているのは、アストリー侯爵家の関係者だと言える。

被害を受けているのが平民とはいえ、両家の問題に発展するのは時間の問題だ。

「たしかに、貴族が盗賊のまねごとなど決して許されることではない。それが事実であればロイドを拘束して相応の罰を与えるとしよう。だが……証拠はあるのか？」

「いえ、証拠はありません。ただ、客観的に見て――」

「客観的に怪しくとも、必ずしも真実だとは限らぬ。可能性の話であれば、おまえがロイドの評判を落とすために自作自演をおこなっている可能性も零《ゼロ》ではないはずだ」

「たしかにその通りですが……」

ロイド兄上の仕業に見せかけて評判を落とし、商隊から奪った資材を無料で手に入れる。人の道に外れていることに目をつぶれば有効な手段だ。

俺は絶対にそんな手段を取るつもりはないが、客観的に見ればあり得ない話じゃない。

「では、対処なさらないのですか？」

「アレン。本来であれば、これはたしかにわしの仕事だ。当主候補でしかない者には荷が勝ちすぎる案件であることも理解している。だが……わしはおまえがどう対応するのかを見てみたい」

「……かしこまりました。もとより、領主間の諍《いさか》いになってはと心配して報告をしたまでです。その点について問題がないというのであれば、こちらで対処します」

「うむ。見事に万難を排し、次期当主としての力を見せつけよ」

「はっ、お任せください」

ほぼ間違いなく、父上もロイド兄上の仕業だと分かっている。だけど、領主間の問題に発展する可能性よりも、次期当主の資質を見極めることを優先するようだ。

その判断が俺への期待への表れ――というのは考えすぎかもしれないが、自分で対処しろというのであれば望むところだ。俺もそれを前提に動かせてもらう。

父上に対する報告の義務は果たしたので遠慮する必要はない。ロイド兄上を身内と考えず、領地に被害をもたらす厄介者として対処しよう。

「それで、アレンよ。話はそれで以上か？」

「いいえ、本題はこれからです。街道の整備と、アストリー侯爵家への資金援助の予定繰り上げをお願いしたいと考えています」

「街道の整備と資金援助の繰り上げだと？　なぜそんな話になった。単刀直入に切り出すのはおまえの美点でもあるが、今回は説明が足りぬ」

「失礼しました」

俺は一度かしこまり、フィオナ嬢との取り引きについて打ち明けた。

「おまえが新しく考えた商品を、アストリー侯爵領で作るのか？　それはずいぶんと、相手にとって都合のいい取り引きだな。……ふむ。アストリー侯爵家の娘はなかなかに胸が大きいそうだな？　もしやそなたの好みだったのか？」

「そそっそんなことはございません！」

――って、反射的に全力で否定してしまった。事情を知らない父上からすれば、むちゃくちゃ怪しいじゃないか。ということで俺は思いっきり咳払いをする。

「あーその、誤解です。たしかに外見は素晴らしいですが、中身に問題があるので」

「中身に問題、だと？　おまえは性格的に問題のある娘と婚約したのか？」

「あっ、いえ、そうではなくて……えっと、彼女は素晴らしい知識を持っていますし、そつなく立ち回る賢さも持ち合わせています」

「……ふむ。聞けば聞くほどその娘を評価しているように聞こえるが、なにが問題なのだ？」

中身が前世の妹であることです――なんて、言えるわけないよな。

そもそも冷静に考えると、資金援助の前倒しをしてもらおうとしている状況で、彼女との関係が不穏であるなんて思われるわけにいかないじゃないか。

……くっ。こうなったら仕方ない。

「あ～その、彼女の外見はもちろんですが、才覚にあふれた女性でした。今回の彼女との取り引きはあくまで、俺の——延《ひ》いてはウィスタリア伯爵家のためになると判断したからです」

「ふむ。つまり、おまえはその取り引きで相応の利益を得るというのだな？」

「はい。それは間違いありません」

「……分かった。お前がそこまで言うのであれば、資金援助の前倒しを許可しよう」

「よろしいのですか？」

自分で言っておいてなんだが、そう簡単に許可をもらえるとは思っていなかった。あれこれ交換条件を出す必要があると思ってただけに意外だ。

「婚約はおまえが自身の判断で受けたものだ。それを後継者争いに利用することは、おまえに与えた当然の権利である。ゆえに、ウィスタリア伯爵家に利がある以上は断る理由はない。むろん、その利がたしかなものかは、あとで確認させてもらうがな」

なるほど、そこがロイド兄上の案件との違いか。

なにはともあれ、これでフィオナ嬢との取り引きを成立させられる。フィオナ嬢はアストリー侯爵領で石鹸を作ると言っていたから、急いでその計画を進めよう。

「ところで、街道の整備についてはいかがでしょう？」

「それはわしが手を出す理由がないので却下だ」

「アストリー侯爵家との取り引きはこれからどんどん盛んになります。街道を整備することは、ウィスタリア伯爵家の利益に繋がりませんか？」

「現時点ではウィスタリア伯爵家の利益ではなく、ジェニスの町の利益だからな」

「……そうですね。分かりました。今回は引き下がります」

いまから街道の整備が出来れば輸送の時間が減って、アストリー侯爵家との結びつきも強くなり、更には雇用が増えて言うことなしだったのだが、無理なものは仕方がない。

ひとまず、フィオナ嬢との取り引きを成立させられることで良しとしておこう。

「ところで、アレン。おまえはずいぶんとアストリー侯爵家の娘から信頼されているのだな」

「え、そうでしょうか？」

フィオナ嬢が前世の妹であるという事実は、俺ですら記憶の隅っこに片付けた秘密だ。それなのになぜそんな風に思うのかと、俺は身をこわばらせた。

「交換条件が成立していない状況で、資材の取り引きをさせたのであろう？　よほど信頼を得ておらねば、そのようなことは出来ぬと思ってな」

「あ、あぁ、そう言うことですか」

「もしや、既にそういう関係になっているのか？」

「そういう関係……？　ち、違います！」

フィオナ嬢と俺が既に関係を持っていると疑われていると知って焦る。

というか、俺はフィオナ嬢と関係を持つとか……関係を……ゴクリ。――って、生唾を飲み込んでるんじゃねぇよ俺、落ち着け！　中身は妹、前世の妹だからぁ！

「まぁ……別に関係を持ったとしても咎めたりはせぬがな」

「……は？　な、なにを言ってるんですか、父上。相手は侯爵令嬢ですよ？」

「それはその通りだがな。ここまで経済的に手を取り合った以上、婚姻的な繋がりはどうあっても必要だ。いまさら、なにがあっても婚約の解消はあり得まい」

――がふっ。

そ、そうだよな。大きな利益を手にした後であれば、婚約破棄による小さな被害くらいは問題ないって考えてたけど、関係を強化すればするほどに婚約を破棄することは難しくなる。

どうして思いつかなかったんだ俺。

兄上に暗殺されるってバッドエンドを避けようとして頑張れば頑張るほど、前世の妹との結婚エンドに近付くとか……どうしたら良いんだ。

3

妹と結婚を覚悟で次期当主の座を目指し続けるか、兄上に追放&暗殺される覚悟で妹との結婚を避けるか。二つに一つの選択を迫られた俺は、引き続き次期当主の座を目指すことにした。

いや、違うからな？

可愛ければ前世の妹でも良いやとか思ったわけではない。妹と結婚するか、兄に殺されるか二択で考えたら、誰だって前者を選ぶだろ？

もっとも、そんな風に考えた直後、エロ爺の慰み者になるか、前世の兄と結婚するかの二択で、後者を選んだ妹の思考に理解を抱いてもにょもにょしたわけだが。

そう考えると、俺とエリス……いや、フィオナ嬢との結婚も悪くない。

……って、違う。なに諦めてるんだよ俺。そこは回避。全力で回避しに行くから。いまは追い詰められてるけど、いつか絶対なんとか回避するから！

――とまぁ、そんな葛藤があったのだが閑話休題。

街道の整備は棚上げで、フィオナ嬢との取り引きは計画を進めている。なので早急に対策を立てなければいけないのは、街道に出没している盗賊の一件だ。

兵士に街道の警備をさせているので被害は減っているが、盗賊の退治には至らない。このまま放っておけば、アストリー侯爵家のツテでやってくる商人だって近付かなくなるかもしれない。

そうでなくても、財政難のアストリー侯爵家にはかなりの痛手となっているはずだ。このままだとアストリー侯爵家が引きあげる可能性が出てくる。

「そんなわけで、街道の盗賊退治を開始する」

会議室で俺が宣言すると、会議に参加していた者達――クリス姉さん、レナード、カエデがなんとも言えない顔をした。

「えっと……アレン、今更なにを言ってるの？　街道には既に兵士を巡回させてるわよ？」

　クリス姉さんの控えめな言葉に、残りの二人も頷いた。どうやら、俺がそのことを忘れていると思われたらしい。いくらなんでもあんまりだ。

「たしかに兵士を巡回させているが、いまだに被害はなくなってないだろ？」

「それは……仕方ないわよ。こっちが兵を護衛に付けたら、相手は護衛のいない小さな商隊や交易商を狙うようになったんだもの」

「そう。だから、いつまで経っても根絶できない。このままだとな」

　護衛のおかげで被害は最小限に留めているとは言えるが、残念ながらジェニスの町はそれほど豊かじゃない。いつまでも兵士に護衛させることは不可能だ。

　いまは鍛えている兵士の実地訓練を兼ねているが、それも長くは続けられない。こちらが兵士を引きあげれば、盗賊は再び活動を活発化させるだろう。

「被害をなくすには、盗賊を捕まえる必要があるということよね？　でも、相手の顔が分からない以上、襲ってこない限りは捕まえられないわよ？」

「そう。だからわざと襲わせるんだ。巡回させている兵士を引きあげさせる」

「わざと襲わせる？　そういえば……人的被害はなかったわよね。そっか……積み荷に毒入りの食料を混ぜておけば、盗賊を一網打尽に出来るわね」

クリス姉さんの呟きに俺は思わず沈黙した。というか、レナードとカエデも絶句している。

「あら、みんなどうかしたの？」

「いや、どうかしたって……クリス姉さん、すっごい怖いこと考えるな」

「え、そうかしら？　盗賊は捕まればどのみち処刑か終身奴隷だし、纏めて毒殺しても問題ないいんじゃないかしら？」

「それはまぁ……否定はしないけどな」

なんの罪もない者を護るために、危険分子を始末するのは代官として当然の考えだ。驚いたのは事実だけど、手段を選ぶ必要がないのも事実だ。

毒入りの食料を盗賊に持ち帰らせることが出来れば、味方に被害を与えることなく、襲撃に加わらなかった盗賊まで退治できる。それは理想的な結末だと言えるだろう。

ただ……

「残念だけど却下だ。連中が持ち帰った食料を自分達で消費するとは限らないからな」

人の命を弄ぶ者達が毒を喰らって死んだとしても――たとえその中にロイド兄上が含まれていたとしても俺は後悔しない。

だけど、無関係の人に食料が渡る可能性がある。その可能性が排除できない限り、食料に毒を混ぜるという手段は選べない。

「でも……だったらどうするの？　盗賊を捕まえるのよね？」

「兵士達に商隊のフリをさせる。兵士を引きあげさせたと思い込ませて、狙いやすい商隊を用意するんだ。もちろん、積み荷の代わりの兵士を用意してな」

「それで食いついてくるか？」

疑問を口にしたのはレナードだった。俺はそんな彼に向き直る。

「相手がただの盗賊なら警戒するだろうな。急に兵士がいなくなるなんておかしいって。だけど、相手がただの盗賊でなく、背後に知恵の回る者がいるのなら……」

つまりは、ロイド兄上が関わっているのなら、こちらがいつまでも兵士を巡回させることが出来ないと知っているはずだ。いま無理に襲ってこないのだって、それを踏まえてのことだろう。

だからそれを利用する。

「なるほど。金銭的に苦しくなって兵を引きあげたと思わせたら良いんだな？」

「そう言うことだ。レナード、連中が食いつくように調整……やってくれるな？」

「ああ、もちろんだ。任せておけ」


その後、盗賊退治の計画を進める傍らで町の開発もおこなった。カエデに許可を取り、クリス姉さんの協力を得て町を開発する。

現在は、三つの施設を建築中である。まずはシャンプーとリンスを生産する工房。次に魔導具を開発するための研究所。最後に水車を作るための工房だ。

ちなみに、水車は川の水を水路に引き込むために使う。魔導具のことをフィオナ嬢に相談したら、前世の農村では水車なるものが使われていたと教えてくれたのである。

ただ、おおよその形は分かっていても、細かいバランス調整までは分からない。その辺りについては、これから研究していくことになる。

完成まではそれなりの月日が必要になるだろうが、クリス姉さんの作ってくれた水を汲み上げる魔導具があるので完成を急ぐ必要はない。じっくり作っていく予定だ。

なお、知識の提供と引き換えに、水車が完成した暁には真っ先にアストリー侯爵領への輸出が決定した。これによって、ますますアストリー侯爵家との結びつきが強くなる。

もう、妹との結婚から逃げられないかもしれない。

……それはともかく、シャンプーとリンスは、俺の前世の記憶を元に開発予定である。

前世で一緒に家を出た——というか、勝手についてきた妹のわがままに応えるべく、俺が色々と調べて作ったものなので、レシピは大体頭に入っている。

ちなみに、石鹸の製作には魔術が必要で俺は作り方を把握していない。前世で石鹸を作ったのは魔術師であるエリスの方だったからだ。

この石鹸を表向きは俺が情報提供したということにして、フィオナ嬢が石鹸を作る魔導具を製作、アストリー侯爵領で生産することになっている。

最後、魔導具の研究所に関してはクリス姉さんの要望だ。といっても、今後俺のためにあれこれ開発してくれるそうなので、結局は俺のためと言えるだろう。

魔導具は様々なところで使う予定なので、優先順位は高めである。

今後、クリス姉さんには弟子を取ってもらい、研究の補助をさせつつ、弟子にも魔導具を作れるように育ててもらうことになった。

色々と順調に計画が進んでいるように聞こえるかもしれないが、現時点で進んでいるのは建物の建築だけ。人員の確保はこれからだったりする。

なにしろ新しい産業で職人が存在しないし、情報漏洩は絶対に防がなくてはいけない。

信用できる人格の持ち主で、転職が可能な状態にあり、新しい産業に対処できるようなスキルを持っている人材を、どこから引っ張ってくるのかという問題がある。

俺はもちろん、レナードにもそんなツテはなかった。カエデは住民を動かすことが出来るが、個々の性格や生活環境までは把握していない。

そこで俺が頼ったのはイヌミミ少女のアオイである。

彼女は幼いながらも人懐っこい性格で、いまは従来の明るさを取り戻してもいる。子供であるがゆえに警戒されにくく、相手の性根《しょうね》を測るのにも向いていた。

「アレンお兄さん。いわれた条件に合う人材、探しておいたよ～」

アオイの家に行くと、俺を見たアオイがパタパタとシッポを振って駆け寄ってくる。

もはや完全にワンコである。

そのままぽふんと抱きついてきたりするので、俺もついつい抱きとめてしまう。エリスには散々振り回された記憶ばっかりだが、アオイは素直で可愛い。

こんな妹なら大歓迎だ。


——とまあ、そんな感じでアオイが見繕ってくれた人材をふるいに掛け、各種工房に必要な人材の育成を始める。それと並行して、盗賊退治の計画は実施された。

商人の振りをさせる兵士は、ここ数ヶ月の訓練で頭角を現した者達から選抜し、残りの兵士はダミーとしていままで通りに護衛を継続させた。

巡回の規模を縮小していると思わせると同時に、相手が襲いやすい商隊を限定させたのだ。

ちなみに、俺も商人の振りをして参加すると表明してみたんだが、物の見事に却下されてしまった。それはもう非難の嵐である。

最近は兵士に交じって訓練もしていたから、許可してもらえると思ったんだけどな。

出来るだけ味方の被害を抑えるために同行したかったのだが、皆が心配するという以上は無理は出来ない。兵士達に任せることにした。

そうして一週間ほどが過ぎ、俺のもとに盗賊を殲滅《せんめつ》したとの報告が入った。商人に化けた兵士達に襲いかかってきた盗賊達を見事に撃退したそうだ。

もちろん、捕縛した者達から連中の隠れ家を突き止めさせ、ほかの仲間も全て捕縛した。

ただ、残念ながら黒幕の正体は突き止められなかった。盗賊達は流れ者で、正体不明の男から金と情報をもらい、ジェニスの町へ向かう商隊を襲っていたそうだ。

「すまん、アレン。繋ぎの者も捕縛できれば良かったんだが……」

報告を終えたレナードが項垂《うなだ》れるが、俺はよくやってくれたと褒め称える。

「盗賊を殲滅しただけで十分だ。もし繋ぎの者を捕まえていたとしても、黒幕を捕まえるのは無理だろうからな」

残念ながら、前世の国もこの国も、貴族の命や発言は平民よりも重い。平民が貴族に頼まれたと口にしても、貴族がそんなことは知らないと言えばお終いだ。

ロイド兄上が犯人だとして、捕まえるには明確な物的証拠が必要となるだろう。

「それに……もしロイド兄上が黒幕として挙がったら、それはそれで厄介だ」

「厄介？　どういうことだ。彼の罪を証明できれば、アレンが当主に確定だろ？」

「証明できれば、な。下手に追及して逃げられたら、周囲からは泥沼の跡目争いと思われかねない。そうなったら、俺もロイド兄上と同じ穴の狢《むじな》だ」

本人達にとって明らかでも、客観的に見ればどちらが正しいか分からない。俺がロイド兄上を追及して、ロイド兄上が俺の陰謀だと反論したら、周囲の目にはどっちもどっちに映る。

ゆえに、ロイド兄上に報いを受けさせるときは、一撃必殺で決める必要がある。

「まぁとにかく、今回の一件で相手も警戒せざるを得ないだろう。念のためにもうしばらく作戦は継続で、様子を見て引きあげさせてくれ」

被害がなくなれば少し余裕は出来るが、それでも労働力でもある兵士を巡回させ続けるのは、ジェニスの町にとって痛手になる。

折を見て兵士を引きあげると言うことで、この件はひとまず解決となった。

――だが、それはあくまで建前だ。黒幕を捕まえなくては本当の意味では解決しない。必殺の一撃を放つため、俺は再びアストリー侯爵家へと向かうことにした。

4

レナードを伴った俺は、アストリー侯爵家へと向かう馬車に揺られていた。

ジェニスの町から、アストリー侯爵家までは馬車で数日。今回はアストリー侯爵領へ産業を提供するという名目があるので、少しアストリー侯爵領を見て回りながら屋敷へと向かう。

前回訪ねたときにもなんとなく感じていたが本当に豊かな土地だ。肥沃な大地に、産出する種類が豊かな鉱山。小規模ながらもダンジョンも存在しているという。

ダンジョンというのは、魔物が自然発生する場所のことだ。洞窟型の物もあれば、まるでどこか別の場所のようなフィールド型も存在する。

共通するのは、中に入るには祭壇にある転移を使う必要があると言うこと。

魔物は危険な生き物だが、魔石を得ることの出来る貴重な存在だ。しかも、ダンジョンの場合は、転移の魔法陣でしか出入りが出来ないため、魔物が外に出ることはほとんどない。

ゆえに、鉱山同様に資源地として貴重な存在なのだ。

ちなみに、ダンジョンに挑むのは冒険者。町に冒険者が集まるので、領地は潤うはずなのだが、アストリー侯爵領は貧困に喘《あえ》いでいる。

山崩れや水害による被害が原因である。父上は不運に見舞われているようなことを言っていたが、視察をした俺の意見は違う。

山崩れは伐採をした辺りで発生しているし、水害は川の曲がった場所で発生している。前世の国であれば、対策を取られるような状況が放置された結果の災害だ。

たぶん、俺と同じ記憶を持つフィオナ嬢も気付いている。だが、アストリー侯爵家においては、女性が政治に口を出すことは出来ない。

ゆえに、問題がいままで放置されているのだ。

……なんて言うか、こういう状況を目の当たりにすると、フィオナ嬢が俺と結婚したがるのも分からなくはないな。この国の女性は総じて立場が弱すぎる。

「よく来てくれた、アレン殿。待っておったぞ」

「お久しぶりです、アストリー侯爵」

アストリー侯爵家のお屋敷にある応接間。

再びフィオナ嬢の父、ゼム・アストリーと対面する。前回よりも歓迎されているように感じるのは気のせいじゃないだろう。それだけの関係を築きあげているからな。

「さっそくだが、今日はなにやら提案があるそうだな？」

「その通りです。実は従来の石鹸よりも、良く汚れが落ちる石鹸を開発していたのですが、材料の確保が、ジェニスの町ではままなりません」

「それはつまり、取り引きを増やして欲しいというものだろうか？」

「いえ、そうじゃありません。石鹸の材料に取り扱いの危険な物があるんです。石鹸に加工してしまえば問題ないんですが、材料のまま馬車で輸送するのは危険なので、アストリー侯爵領に工房を作りたいと考えています」

これが、フィオナ嬢から提案された取り引きだ。

俺からの提案という形で、アストリー侯爵領に工房を作る。そこで生産、販売した利益は俺が手に入れることになるが、土地の使用料がアストリー侯爵家へと流れる。さらには現地の人を雇用することで、アストリー侯爵領の経済も活性化させる。

そんな申し出を受けたアストリー侯爵が、歓喜と戸惑いをないまぜにしたような顔をした。

「それは、非常にありがたい申し出だが……」

「なにか問題でしょうか？」

「いや、その提案自体に問題はない。アストリー侯爵領の活性化に繋がるだろう。だが、それだけの提案。見返りもなしにしているわけではないのだろう？」

「まぁ……そうですね」

本来、石鹸の作り方を知っているのは俺でなくフィオナ嬢だ。俺はこうして、代理で提案しているだけなのに、将来的にかなりの利益が見込める。

追加報酬は必要ない。既に資金援助を前倒しすることと引き換えに、輸出をおこなってもらっているので、それに対する追加報酬という形でも俺は構わないと思っている。

だが、安売りすると要らぬ疑いを掛けられかねないし、そういった前例を作ると後で困るというのがフィオナ嬢の見解だ。

ゆえに見返りになにを求めるか、色々と考えた末に一つの結論に至った。

「見返りに求めるのは一つだけ。ウィスタリア伯爵家から援助する資金の使い道を、俺に決めさせていただきたいと言うことです」

「援助する資金の使い道を決める、だと？　それはつまり、石鹸の工房を始めとした、アレン殿の施設に援助資金を使えと言うことか？」

俺の目的は、見返りという名目でアストリー侯爵家の利になる交換条件を出すことだが、そうとは知らない侯爵には物凄く横暴な要求に聞こえたのだろう。

警戒心を剝《む》き出しにされてしまった。

「誤解です。工房についてはこちらで建てるので、土地と人材を貸してくれれば構いません。むろん、それに対する対価もお支払いいたします」

「では、援助の資金をなにに使えというのだ？」

「災害の防止のために」

自らが治める領地の未来を憂えていた侯爵が見開いた瞳に、戸惑いの色が滲んだ。彼にとって優先順位が高かったであろう資金の用途を、俺が指定するとは思わなかったのだろう。

もちろん、それはアストリー侯爵家に利を還元するためにわざと指定した内容だ。

だが、俺はそんな内心はおくびにも出さずに、自分に必要であることを主張する。

石鹸の原料の確保には採掘と栽培が不可欠である。侯爵領に工房を作るのも、この地でそれらの原料を確保するためである。

ゆえに、水害や山崩れといった災害がたびたび発生しては困るので、石鹸を安定して供給するために、治水工事と山崩れの対策をして欲しいと、具体的な案とともに訴えた。

もちろん、ほとんどが建前上の理由である。

「それともう一つ。ジェニス方面へ続く領内の街道の整備もお願いしたい。以上に対して援助された資金を使っていただけるのであれば、この領地に工房を作るとお約束します」

「災害対策と、街道の整備……か。悪くない……いや、アストリー侯爵家にとって、非常にありがたい条件だ。だが……本当に、その新しい石鹸は作れるのか？」

「試作品であれば近日中にお渡しできると思います」

フィオナ嬢がいま作ってるので――とは、もちろん口に出さない。

だが、石鹼やシャンプーとリンスは、冒険者時代に当たり前のように作って使用していたものだ。製作できるかどうかと言うことになんら不安はない。

自信を持って答える俺に対し、アストリー侯爵はしばし黙考した。

「正式な契約は、その実物を見てからでも構わぬか？」

「ええ、もちろんそれで構いません」

「……そうか。アレン殿。これから、末永くよろしくお願いする」

テーブル越しに身を乗り出して差し出された右手をしっかりと摑む。侯爵領をずっと支えていたであろう侯爵の手は、硬くゴツゴツとしていた。

ひとまずは仮契約という形で取り引きは纏まった。夜には宴に招かれ、アストリー侯爵家の面々と食事をする。アストリー侯爵夫人とその息子も出席して、俺を歓迎してくれた。

聞いていたとおり、女性は政治に口を出すべきではないという考えを持っていたが、フィオナ嬢のことは家族揃って大切に思っているようだ。

ウィスタリア伯爵家とは違う、温もりのようなものを感じた。

そうして、夕食を終えた俺は、案内された客間のベッドサイドに腰掛けて一息つく。これからのことについて考えながらのんびりしていると、おもむろに扉がノックされた。

誰だろうと扉を開けると、薄手の部屋着らしき洋服に身を包んだフィオナ嬢が立っていた。

「こんばんは、アレン様。部屋に入れていただいてもよろしいでしょうか？」

「いや、それは不味《まず》いだろ」

「ありがとうございます。失礼しますね」

未婚の男女が深夜に二人っきりで同じ部屋にいるなんて、いくら婚約者でも問題になると口にするより早く入られてしまった。

……ちょっとは人の話を聞けよ。

「フィオナ嬢、俺の話を聞いてますか？　不味いと言ったんですが」

「なんで？　ムラムラしちゃう？」

「するかっ」

二人っきりになったからか、妹口調に切り換えたフィオナ嬢が憎たらしい。というか、「ホントに？」とか聞きながら、下乳のところにあるスリットに指を入れるのはやめろ！

――って言うかこいつ、下乳のところにスリットがある服を着てやがる！　お嬢様っぽいデザインの服なのに、何故そんなところにスリットが……最高か！

「……そんなに釘付けなのにムラムラしてないって言い張るの？」

「ぐぬっ」

い、いや、違うのだ。

男というのは悲しい生き物で、胸の谷間とか下乳とかパンツとかを見せられたら、とっさに目が釘付けになってしまうのだ。その時点で、相手が誰かなんて考えない。

だから、相手が妹だと認識した時点で、視線を外し……はず……ごくり。

「あーもう、分かった、認めるっ！　見ちゃうからやめろっ！」

「……見たいなら、素直に見れば良いのに。というか私、兄さんになら、胸を見られるくらい気にしないよ？　なんなら触ってみる？」

「外聞が良くないからマジで自重しろ。誰かに聞かれたらどうする！」

廊下に誰もいないとは限らないし、不在のフィオナ嬢を探しに来るかもしれない。いくら婚約者とはいえ、まだ結婚はしていない。

こんな状況を見られたら完全にアウトだ。

「大丈夫だよ」

「……なにが大丈夫なんだよ、なにが」

「だって、あなたのところに行きなさいって、お父様に言われたんだもん」

「……………は？　アストリー侯爵が？　そう言ったのか？」

「うん。アレンの部屋を訪ねなさい。そして、アストリー侯爵家の娘としての役目を果たしなさい、って言われたよ。ぶっちゃけ、そういう意味だよね」

「……いやいやいや、おかしいだろ。まだ婚約段階だぞ？」

貴族のお情けをもらって、融通を利かせてもらおうとする平民とかならともかく、仮にも侯爵家の当主が、娘にそう言うことを勧めるってどういうことだ。

目眩を覚える俺に対し、フィオナ嬢はどこか楽しげに笑う。

「兄さんが認められたから、だよ」

「……は？　どういう意味だ？」

「あのね。私が兄さんと婚約したいって提案したとき本当は、お父様はそこまで乗り気じゃなかったの。だって、兄さんは……」

「あぁ、あまり評判が良くなかっただろうからな」

記憶を取り戻す前の俺は、全てを諦めて兄に追放される未来を受け入れていて、それが周囲の人間に伝わっていたので評判は最悪だったはずだ。

「その辺もあって、条件は満たしているし、お前が願うのなら――くらいの感じだったの。だけど、バームクーヘンのことはすぐに噂になったし、当主候補に名乗りを上げて盗賊も捕まえた。そして今回の一件で、是非とも娘と結婚させたい相手に格上げされたみたいだよ？」

「……それ、半分はお前のせいじゃないか？」

石鹸は俺の手柄ではなく、フィオナ嬢の手柄である。

「兄さんじゃなければ、私の知識を活かせないんだから同じようなものだよ。まぁとにかくそんなわけで、既成事実を作って欲しいみたいだよ？」

「みたいだよ、じゃねぇよ……」

もはやどこから突っ込めば良いのか分からない。

あぁ、諦めて突っ込めば楽になれるかもな、ははは……はぁ。

「何度も言ってるけど、俺は妹と結婚するつもりはないからな？」

「婚約はしても？」

「婚約はあくまで建前だ」

「じゃあ結婚も建前でしちゃえば良いじゃない」

「そういう問題じゃない」

「じゃあどういう問題なの？　政略結婚なんだよ？」

「それは……」

たしかに、政略結婚に愛は必要ない。重要なのは政治的な利益と子供が作れるかどうか。

そういう意味では、フィオナ嬢は申し分ない相手だけど……いや、だからそういう問題ではなく、中身が妹であることが問題で……あれ、でも政略結婚だから、関係ない？

……なんだか訳が分からなくなってきた。

「良く分からないけど、その一線は越えたらダメな気がする」

「越えちゃったら戻れなくなる？」

「そうだ」

たしかに、割り切ってしまえば楽になれると思うのだ。でも、なんと言うか……そこを割り切ってしまうとダメな気がする、色々な意味で。

「それはつまり、本当は越えたいって思ってるんじゃないの？」

「え？　いや、それは……」

ないはずだよなと自問自答するが、自分でも良く分からない。

たとえば、祖母くらいの年齢の女性と結婚させられる可能性だってあり得たわけで、そうなっても俺は必要なことだからと呑み込んでいただろう。

「ふふっ。まぁ良いや」

「うん？　なにが良いんだ？」

不意に声を弾ませる理由が分からなくて首を傾げた。そんな俺に対して、フィオナ嬢は「なんでもないよ」と笑って一歩下がった。

「兄さんを困らせたいわけじゃないし、今日は大人しく帰るよ」

「……良いのか？」

「良いも悪いも、兄さんにその気がないんじゃしょうがないよ」

「いや、そういう意味じゃなくて。父親に失望とかされないか？」

「そこは大丈夫。大切にされてるって言っておくから」

「そ、そか……」

それはそれで外堀が埋められそうで困るんだけど……

「――あ、ちょっと待ってくれ」

「ふふ、やっぱり我慢できなくなっちゃった？」

肩越しに振り返ったフィオナ嬢が得意げに笑う。

「なにがやっぱりだ。侯爵令嬢であり、エリスでもあるおまえに頼みがある」

「……兄さんが私に、頼み事？　なにかな？」

フィオナ嬢がクルリと振り返ってすぐに真面目な顔をした。

「最近、街道に出没した盗賊についてどこまで知ってる？」

「もちろん、被害を受けたのはうちなんだから色々と知ってるよ。発生に不審な点があることも、その盗賊達を兄さんが殲滅したことも知ってる」

「その黒幕をアストリー侯爵に差し出す。そのためにおまえの協力が必要だ」

「……ふぅん？　私はなにをすれば良いの」

紫の瞳に攻撃的な光が宿る。

かつて一流の冒険者であったエリスに、俺はとある頼み事をした。

5

翌日。ジェニスの町へ戻ることになった俺のもとへ、アストリー侯爵とフィオナ嬢が見送りにやって来た。昨夜、アストリー侯爵の思惑に反して、俺とフィオナ嬢のあいだになにもなかったことを知っているはずだが、彼は上機嫌で俺の前に立つ。

「またいつでも遊びに来るが良い。アレン殿にとってここは、第二の故郷も同然だからな」

「はは、ありがとうございます」

既成事実化をもくろんでいるとしか思えない発言を笑って受け流す。

俺が町に戻る以上、今回の駆け引きはこれで終了と思っていたのだが、アストリー侯爵は「それと、娘のことをよろしく頼む」と付け加えた。

「よろしく、ですか？」

「昨晩、フィオナが私に頼み込んできたのだ。自分がジェニスの町に滞在して、今後の取り引きの仲介役になりたいとな」

「……仲介役、ですか？」

女性に政治をさせるのはウィスタリア伯爵家を始めとした一部の貴族のみ。アストリー侯爵家はほかの貴族同様に、女性に政治をさせない家柄だったはずだ。

「むろん、フィオナに決定権は与えぬゆえ、実際にはお飾りだ。それを承知でそんなことを言いだしたのは……くくっ。そなたの側にいたいと言うことだろう。ゆえに、私は娘の願いを聞き届けることにした」

「……ええっと」

どういうつもりだとフィオナ嬢に視線を向ける。別にジェニスの町へ来るなとは言わないが、ここで俺に同行したら頼んでいたことを果たせなくなる。

「そう言うことですので、よろしくお願いいたしますわ。アレン様」

まさに深窓の令嬢といった佇まいでほのかに笑みを浮かべる。朝日を浴びたフィオナ嬢の姿が可愛くて——俺は頭痛を覚えた。

こいつ、昨日俺が頼んだことを理解した上で、あえて無視してやがる。こうなったら、身内の常識に頼るしかないと、俺はレナードに目線で訴えかけた。

「安心しろ、アレン。俺はフィアンセとの時間を邪魔するような野暮はしねぇよ。しばらくは御者台に控えているから、二人の時間を楽しめば良い」

違う、そんな気遣いが欲しかったんじゃない！

まだ婚約者でしかないお嬢様を連れて帰るなんて問題だとか、破棄するかもしれない婚約の相手に取り込まれるわけにはいかないとか。そう言うことをいって欲しかったのに！

レナードは俺が婚約破棄するつもりだって知らないけどな！

……ちくしょう。いつの間にか、外堀を埋められていた。

アストリー侯爵が俺を信用しているのか――もしくはフィオナ嬢の計らいか、彼女は身一つで護衛もつけずに俺の馬車に乗り込んでしまった。

俺はにやけ面のレナードを睨み、護衛として連れてきた兵士二名に待機を命じる。それから馬車に乗り込んで、フィオナ嬢を睨みつけた。

「……おい、どういうつもりだ。俺の作戦を台無しにするつもりか？」

「そのつもりだよ」

「……はい？」

言い訳、もしくは屁理屈を聞かされると思っていたから戸惑ってしまう。

「待て待て、ちょっと待て。本気で俺の作戦を邪魔するつもりなのか？　ここで黒幕を捕まえなきゃ、今後も商隊に被害が出るかもしれないんだぞ？」

「分かってる。私だって出来れば被害を食い止めたいって思ってるよ」

「なら、どうして俺の邪魔をする」

「だって作戦に乗ったら、兄さんが死ぬかもしれないじゃない」

「それは……」

否定は出来なかった。もちろん勝算は大きいのだが、わずかな可能性とはいえ俺が死ぬこともありうるし、大怪我をする可能性はわりと高い。

「あのな、上に立つ者は軽々しく命を懸けるなって言いたいんだろうけど――」

「違う、そんな理由で兄さんを止めてるわけじゃないよ。私はただ、兄さんを危険な目に遭わせたくないだけだよ」

「その気持ちは嬉しいけど、放っておけばまた被害が出るかもしれないぞ？」

盗賊を殲滅してから、あらたな盗賊は発生していない。だけど、ロイド兄上が黒幕であるのなら、このままで終わるはずがない。

「私はいまの家族や、領民のことも大切に思ってるよ。自分に出来うる限りのことをして護りたいと思ってる。だから、政略結婚だってするつもりだった」

「だったら……」

「だけど、だけどね。もし兄さんかそれ以外――どっちかしか助けられないって二択を迫られたら、私はアストリー侯爵領を焦土に変えても兄さんを護る」

「……おまえ」

俺は思わず生唾を飲み込んだ。

普通に考えて、たった一人と領民全てを天秤に掛けること自体が間違っている。だけど、それでも、フィオナ嬢の瞳はわずかにも揺らいでいない。

こいつ……本気で言ってやがる。

「……盗賊が暴れても良いって言うのか？」

「そうは言わないよ。でも、黒幕を捕まえられなくても打撃は与えられるでしょ？　兄さんの安全を確保した上で、最大限のダメージを与えようよ」

たしかに、黒幕を捕まえられずとも、痛手を負わせればしばらくはちょっかいを掛けてこなくなるかもしれない。

だけど……こんな好機はもう二度と来ないかもしれない。

「それでも納得できないって言うなら、私が兄さんの代わりになる」

「なっ、なにを馬鹿なことを言ってるんだ！」

「作戦を考えれば、私が代わっても成り立つはずだよ」

「……それは」

俺の作戦というのは、わざと盗賊に捕まることだ。俺の代わりにフィオナ嬢でも作戦は成り立つかもしれないが、どんな危険があるか分からないのに……あぁ、そうか。

いま俺が抱いた不安を、フィオナ嬢は昨日から抱いていたのか。

「……分かった。たしかに俺も焦ってたみたいだ。今回は連中に痛手を負わせるに留めて、黒幕を引きずり出すのは別の手を考える」

黒幕――ロイド兄上を引きずり出せなくても、彼自身に痛手を負わす方法を思いついた。今回はそれで良しとして、今後は領民を護りつつ自分達の安全も確保して黒幕を引きずり出す。

言葉にするほど簡単なことじゃないが……不可能でもない。俺のためなら領地を焦土に変えるとまで言ってくれたフィオナ嬢のためだ。俺も本気で頑張るとしよう。

その後、アストリー侯爵に別れの挨拶をした俺達は馬車を出発させた。

アストリー侯爵領からジェニスの町までは数日かかるので、朝から晩まで側にフィオナ嬢がいる。まだ婚約段階とは思えないほどの接近ぶりだ。隣に美少女がいる状態に俺は少し落ち着かないというのに、フィオナ嬢はなんとも自然体で伸び伸びと過ごしている。

「どうしたの？　さっきから私のことをチラ見して。振動で揺れる胸が見たいのなら、もっと堂々と見ても良いんだよ？」

「……ちげぇ。おまえは昔から自由だなって思ってただけだ」

「それは兄さんが側にいるときだけだよ。アストリー侯爵家では女性であることを理由に制限されたし、前世でだって……」

なにかを思い出したのか、フィオナ嬢は寂しげに窓の外へと視線を向けた。

「おまえは昔から伸び伸び暮らしてなかったか……？」

前世の家だって、いまと似たような環境だったけど、エリスだけは自由奔放に生きていた。俺はそれに散々と振り回されたんだから良く覚えている。

「えぇ？　そんなことないよぅ。そりゃ、兄さんと一緒のときは伸び伸びしてたけど。上の兄さんや、お父様の前では息が詰まったよ？」

「……そうなのか？」

「そうだよぅ」

ちょっぴり拗《す》ねたように唇を尖《とが》らせた。

その言葉は俺にとって意外だった。エリスはいつでもわがまま放題で、俺といるとき以外もおんなじように振る舞ってると思ってたから。

「もしかして……おまえが俺についてきたのって、偶然じゃなかったのか？」

「ん？　どういうこと？」

「いや、政略結婚が嫌で家出をしたときに、たまたま追放された俺がいたからついてきたのかなって思ってたんだけど……違うのか？」

「ええ、そんな訳ないよぅ。兄さんが追放されたから追い掛けたんだよ。政略結婚が嫌だったのは本当だけど、兄さんといるのが一番楽しかったから。だからだよ？」

「……マジか」

俺のことは都合のいい保護者くらいにしか思ってないと思ってた。俺に我が儘《まま》放題なのが、実は甘えられてたからとか……ちょっと意外だ。

というか、拗ねた仕草が可愛く見えてきた。

……落ち着け。たしかに妹として可愛いかもしれないが、それとフィオナ嬢の外見が可愛いのは別。ごっちゃにすると大変なことになるから。

「えっと……その、俺が殺された後のこと、聞いても良いか？」

「後のこと？　なにを聞きたいの？」

「兄がどうなったか、とか？」

「あぁ、上の兄なら破滅したよ」

あっさりと返ってきた答えに驚く。話を逸《そ》らす目当てで振った話題で、そんな答えが返ってくるとは思わなかった。

てっきり、兄は当主となって人生を謳歌《おうか》したものだと思い込んでいた。

「なにがあったんだ？　詳しく教えてくれ」

「簡単に言うと、上の兄を快く思わない貴族達に様々な不正の証拠を押さえられたの」

「……あぁ」

むちゃくちゃ分かりやすい答えだった。

ロイド兄上と同じで、前世の兄にも強引なところがあるから敵も多かった。そして敵対している貴族は、失脚させる機会を虎視眈々と狙っている。

そのもの達に不正を押さえられたのなら、兄に貴族として生き残る術《すべ》はなかっただろう。まさか、俺が死んだ後にそんなことになってるとは思ってもみなかった。

「じゃあ、エリスはどうなったんだ？　天寿を全うしたのか？」

「あ……えっと、そうそう、そんな感じ」

「……目が思いっきり泳いでるぞ？」

「実は上の兄が破滅したのを見届けた後、気が抜けちゃってうっかり死んじゃいました」

「おぃいいいい」

俺以上に冒険者としての才覚があった魔術師が、まさかのうっかりで死亡とか。

ある意味、これが一番予想外だ。

「おまえ……ホントに気を付けろよ？　昔から、わりとおっちょこちょいなんだから」

「死んでから言われても遅いよ」

「いまはこうして生きてるだろうが」

いまこうして生まれ変わってるから気を付けろで済むけど、目の前でうっかり死なれたらたまらない。その辺りに関しては本気で気を付けてもらいたい。

「……心配してくれるの？」

「兄妹なんだから当たり前だ。なんかおかしいか？」

「ううん、ちっともおかしくないよ。兄さんは昔からそうだったもんね」

「……昔から、おまえに振り回されていた記憶ならあるな。俺が落ち込んでるときに限って、纏わり付いてきて。大変だったんだからな？」

当時は言えなかったことを口にする。あの頃はわりと本気で煩《わずら》わしく思ってたから逆に言えなかったけど、いまなら過去の話として口にすることが出来た。

だけど、フィオナ嬢は不満があると言いたげに頬を膨らませた。

「それは、兄さんが放っておけなかったからだよ」

「……ん？　どういうことだ？」

「兄さんが上の兄に虐められるようになったのって、私を助けたのが原因だったでしょ？」

「……そうだっけ？」

首を傾げた途端、フィオナ嬢の正拳《せいけん》突きが俺の脇腹に食い込んだ。

「痛ぇ。なにするんだよ？」

「兄さんが悪い。私の一番大切な思い出、忘れてる兄さんが悪い」

「……あぁ、うん。思い出し——痛ぇ」

適当に相づちを打ったら再び殴られた。

力は入っていないが、冒険者として鍛えていた俺が反応出来なかった。さすが、俺と一緒に一流冒険者として活躍していただけのことはある。

お嬢様に生まれ変わっても、その技量は健在のようだ。

「でも、そっか……覚えてないんだ。もしかして、兄さんがかたくなに私との政略結婚を嫌がるのもそれが理由、なのかな？」

「……うん？」

それはどういう意味だという問いは口に出すことが出来なかった。馬が嘶《いなな》き馬車が急停車して、外から怒鳴り声が聞こえてきたからだ。

転生した前世の妹は意外と可愛い

1

「アレンっ！　すまない、俺の失態だ！」

　馬車の客席に飛び込んできたレナードが説明もなしに謝罪を始める。こいつがここまで慌てるなんて初めてだなと冷静に考えた。

「落ち着け。まずは深呼吸だ」

「いや、それどころじゃないんだ！」

「だから、落ち着け。慌ててたら報告も出来ないだろ？」

「うっ。す、すまん……」

「気にするな。それで、なにがあったんだ？」

　屈辱にまみれた声で告げられたのは、十人ほどの盗賊に囲まれていて、連れてきた護衛では対処できないという報告だった。

「一度殲滅しているから次はない、そもそも貴族を狙うはずがないと油断した。だが、少し考えれば分かることだった。連中がただの盗賊でないのならそんな理屈は通らない」

「まぁ……そうだな」

平和な状況下で盗賊が発生することは珍しい。それに普通の盗賊は貴族を襲ったりしない。報復のリスクが高すぎるからだ。

だが、誰かが故意に発生させたのなら盗賊は何度でも現れるし、ただの盗賊でないのなら貴族を襲うことだってあり得ることだ。

「アレン、良いか、よく聞け。連中の要求はおまえの身柄だ。人質として身代金がどうのと言っているが、そんなはずはない。連中がロイド様の手先なら、この機会を逃すはずがない」

外から大人しく出てこい的な怒鳴り声が響いている。ロイド兄上の手先なら、おそらくレナードの言うとおりだ。

拘束された俺はロイド兄上の前に連行され、彼の前で無残に殺されるだろう。

当初の予定では俺がわざと捕まって黒幕の前に連れて行かれ、そこに手勢を率いたフィオナ嬢が颯爽《さっそう》と駆けつけ、黒幕を現行犯で捕縛——するはずだったんだけどな。

フィオナ嬢がここにいるので応援は駆けつけてこない。

俺がわざと連行されたあと、なんとかして拘束を逃れて一人で暴れる——というのは無理があるし、フィオナ嬢みたいな美少女が見逃されるかは微妙だ。

と言うことで、盗賊はここで殲滅だ。

「アレン。俺達が時間を稼ぐ。だからそのあいだにフィオナ嬢を連れて馬で逃げろ」

レナードが決死の表情で言い放った。

父上に仕えている身だから、おまえに忠誠を誓うつもりはない——なんて言っていたレナードが、いまは俺のために命を投げだそうとしている。

「アレン様はずいぶんと部下に慕われているんですわね」

「あぁ、俺もびっくりだ」

フィオナ嬢の軽口に乗っかり、護身用に持ってきた剣を取った。冒険者時代に使っていたような名剣ではないが盗賊退治には十分だ。

「レナード、おまえの覚悟は受け取ったが、その案は却下だ」

「なぜだっ！　ここにはおまえだけではなく、フィオナ様もいらっしゃるんだぞ！　フィオナ様になにかあれば、ウィスタリア伯爵家の問題になるだろうが！」

俺は思わずフィオナ嬢を見た。

「心配されてるの、俺じゃなくておまえっぽいぞ？」

「あら、アレン様のことも心配していると思いますわよ？」

ため息をつく俺に対し、フィオナ嬢がクスクスと笑う。それを見ていたレナードがますます焦った顔をする。

「しっかりしてくれ、二人とも。落ち着いて現実を見るんだ」

「あぁ、いや。現実逃避してるわけじゃないから安心しろ。これは俺の思惑通りってわけじゃないが、予想はしていたから心配するな」

「……は？　なにを、言ってるんだ？」

レナードは困惑を滲ませる。俺の反応が予想外すぎて、俺が現実逃避している可能性を捨てられずにいるんだろう。

「いいか、よく聞け。さっきお前が言ったとおり、少し考えればこの襲撃は予測することが出来た。だから俺はこの襲撃を予測していた」

ロイド兄上がまさかそこまではしないだろうという思いが、レナードの予測を鈍らせたんだろう。

だが、俺はロイド兄上と同じような人間を知っている。

ロイド兄上が黒幕なら、一度盗賊が殲滅されたくらいで引き下がるはずがない。そもそも、俺への嫌がらせは成功していたのだから、もう一度やってくると思っていた。

だから俺はその対策として、兵士を引き続き商隊に同行させた。

どの商隊に護衛が潜んでいるか分からない以上、相手も慎重にならざるを得ない。そんなとき、俺が最低限の護衛しか連れずに遠出をしたのなら——狙うに決まっている。

「そんなわけで対策済みだ。心配しなくて良いぞ」

「……待て、待て待て待て。対策済み？　どういうことだ！　俺は聞いてないぞ!?」

「そりゃ言ってないからな」

レナードは息を呑んで……続いて唇を噛んだ。

「俺は……おまえに信用されていなかったのか？」

「なんでそうなる。言ったら止められるって分かってたから教えなかっただけだ」

俺は鞘《さや》から剣を抜いて、馬車から外へと降り立った。そうして周囲を見回すと、たしかに盗賊達に囲まれている。その数はおよそ十人。

護衛は二人しか連れていないので、レナードが慌てるのも無理はない。

「待て、なにをするつもりだ！」

レナードが行かせないと言いたげに俺の前に立ち塞がった。

「もちろん、馬鹿な真似をした盗賊共を殲滅するんだよ」

「なにを言っている！　おまえに出来るわけないだろ！」

「――なら、わたくしが殲滅してあげましょうか？」

俺達のやりとりに割って入ったのは、軽やかに馬車から飛び降りたフィオナ嬢。その指には、魔術を行使する杖の代わりとなる指輪がはめられている。

「――って、フィオナ様まで!?　危険です。馬車にお戻りください！」

レナードが慌てて押し戻そうとするが、フィオナ嬢はするりとそれを回避した。両肩を掴もうとしていたレナードは彼女の身のこなしに驚いている。

「フィオナ嬢、俺に任せておいてくれ」

「あら、わたくしの方が早いでしょ？　それに、わたくしが有用だって知ってもらった方がジェニスの町で自由に動けそうですし、ここはわたくしにお任せくださいませ」

「……なるほど」

ウィスタリア伯爵家は女性でも政治を始めとした実務に関わることが出来る。だが、婚約者にそのようなことはさせられませんと、大人しくさせられる可能性はある。

それが嫌だから、ここで自分の有能さを知らしめておこうというわけか。

「だが、ダメだ」

「あら、どうしてですか？」

「俺も同じ理由で不自由してるんだ。この機会に自分の実力を証明して、好きに動けるようにしたいのは俺も同じだ。本来の目的を邪魔したんだからこれくらいは譲れ」

「じゃあ、半分こ。半分こでどうですか？」

「……それなら良いだろう」

フィオナ嬢に有能ぶりを証明されると婚約破棄が遠のきそうで嫌なんだが、これを受け入れなきゃ早い者勝ちとかいって魔術をぶっ放しそうだしな。

「おい、てめぇら。さっきからなにをごちゃごちゃと言ってやがる！　アレンとか言うガキを大人しく引き渡せって言ってるだろうが――かはっ」

リーダー格っぽい男がなにか言っていたが、フィオナ嬢の魔術に打ち抜かれて倒れた。そうしてピクリとも動かなくなる。

騒いでいた盗賊だけでなく、味方までもが一斉に沈黙した。

「……おい、フィオナ嬢？」

「半分ことは言ったけど、リーダーを譲るとは言ってませんもの。早い者勝ちですわ」

「たしかにそんな話はしてなかったが……出来れば、生け捕りにしておきたかったんだが？」

「それならご心配には及びませんわ。運が悪くなければ生きています」

「襲った馬車にフィオナ嬢が乗ってる時点で運が良いとは思えないんだが……まあ、生け捕りにしようとしてくれてるならそれで良い」

俺としても、無理をしてまで生け捕りにしろとは言わない。最初の作戦がぽしゃった時点で、ロイド兄上を捕まえるのは諦めたからな。

せいぜい罠を食い破ってロイド兄上を悔しがらせてやろう。

――という訳で、俺は剣を腰だめに構えて、呆気にとられている盗賊に詰め寄った。距離を詰められた盗賊が目を見開き――そのまま血だまりに倒れ伏す。

側にいた盗賊が慌てて剣を抜くが――遅い。慌てて構えた剣を一撃目で弾き飛ばし、返す刀で斬り伏せた。その段階になって、ようやく盗賊達は反応を始める。

これが実戦経験の伴う騎士かなにかであればこうはいかない。いまの俺だと、一対一でも勝てるかどうかは怪しい。だが、相手は盗賊を騙《かた》るごろつきかなにか。魔物と――ときには人間とも、命懸けの戦いを繰り返した冒険者とでは覚悟からして違っている。

ようやく盗賊は剣を抜き始めた。それを見たレナードや護衛も慌てて剣を抜く。

「レナード、おまえ達はフィオナ嬢と馬車を護れ。敵を近付かせるな！」

レナードはもちろん、せっかく鍛え始めた兵士に死なれても困ると、理由を付けてレナードとともに待機させる。そのあいだに俺は更に一人斬り伏せた。

「くっ。なんだこいつ！　おい、挟み撃ちにするぞ！」

生意気にも盗賊が連携を取って左右から襲いかかってくる。

俺はまずは右から来る奴に距離を詰め、相手の剣を受け流す。体勢を崩させた男の背後に回り込み、もう一人の盾にする。味方を盾にされた男は慌てて剣を止めるが――隙だらけだ。俺はそこへ向けて、盾にしていた男を突き飛ばす。

ぶつかり合う二人。

俺は続けざまに剣を振るい、二人を一息で斬り伏せる。

「てめぇっ！」

激昂した男が襲いかかってくる。それを迎撃しようと剣を握り直した俺は、視界の隅に映った光景を認識して、ふっと肩の力を抜いた。直後、男はフィオナ嬢の魔術に打ち抜かれて倒れ伏す。

わずか数十秒――周囲に立っている盗賊は一人も残っていなかった。

「アレン様、さっき自分がおっしゃったことを忘れていませんか？」

なんのことかと思ったが、フィオナ嬢の視線が血だまりに倒れている男に向いているのを見て、生け捕りの話だと気付く。

「運が良ければ生きてる」

「運が良くなければ死んでるじゃないですか？」

うるさいなぁと思ったが、レナード達が聞いているので呑み込んだ。

峰打ちなら殺す可能性はグッと下がるが——斬らずに打てば衝撃が手に返ってくる。いまの身体では、多人数を相手にそんなことをしていられない。

これだけいるのだから、運良く生き残ってる奴が何人かいるだろう。という訳で、生き残りを全員捕縛したのだが……全員生きていた。

どうやら、悪運が強い奴ばかりだったようだ。

2

捕らえた盗賊を尋問した結果、何者かに金と情報をもらい、俺を襲うように指示されていたことまでは突き止めたが、黒幕にたどり着くことは出来なかった。

予想通りではあるが、簡単に尻尾を摑ませてはくれないようだ。

捕らえた盗賊達だが、犯罪奴隷としてジェニスの町の労働力にした。

貴族を襲った以上は処刑が順当だが、それだと俺達になんの得もない。盗賊による嫌がらせが嫌がらせではなく、労働力を与える結果になっていると黒幕に思わせるのが目的だ。

今後も警戒は続ける予定だが、盗賊を雇うのもただじゃない。俺達に労働力を与えていると思わせることが出来れば、ひとまずこの嫌がらせは止むだろう。


そんな俺の予想は当たったようで、それから数ヶ月は順調にことが進んだ。

ジェニスの町の工房では水車の試作品や、シャンプーやリンスの試作品が製作された。クリス姉さんの弟子はまだ見つかっていないが、研究も順調に進んでいるらしい。

ちなみに、同じ魔術師であるフィオナ嬢も研究に参加したようだ。最初はクリス姉さんと一悶着あったようだが、いまは仲良く研究を進めているそうだ。

そのうち前世の国にあった魔導具も再現してくれるだろう。

ついでに石鹸の試作品も完成した。アストリー侯爵――というよりその奥さんがいたく石鹸の出来映えを気に入ったようで、侯爵との取り引きは正式に締結された。

それによって、アストリー侯爵領内にある、ジェニスの町方面の街道整備も始まっている。

侯爵家領内と限定したのは、ウィスタリア伯爵領内の街道整備がまだだからだ。

あいにくジェニスの町にそんな資金はない。なのでこっちは、シャンプーやリンスの販売が軌道に乗ってからになるだろう。

なにはともあれ、ジェニスの町の運営は上手く進んでいる。そんな中、年に一度の定期報告の日が迫り、俺は父上の元へと向かった。

クリス姉さんは研究を続けるとのことで留守番だが、この数ヶ月はすっかり自由気ままな暮らしを手に入れたフィオナ嬢は同行を申し出てきた。

彼女の実力を知ったレナードは反対せず、むしろ当主に挨拶するのは賛成だという始末。気付いたら、完璧に外堀を埋められてしまっている気がする。

だが、いくらなんでもフィオナ嬢をいきなり父上に引き合わせることは出来ない。まずは定期報告のおりに俺が父上に許可を取り、あらためてフィオナ嬢を紹介することにする。

それを聞いたフィオナ嬢は、報告会が終わるまでは町で遊んでいると言い出し、本当に護衛も付けずに町へ遊びに行ってしまった。

前世では冒険者をしていたのでなんら不思議ではないが、いまの彼女は俺の婚約者であり、侯爵令嬢でもある。いくらなんでも自由すぎると思う。

……彼女らしいと言えばらしいんだけどな。


それはともかく、定期報告の日。

応接間へと顔を出すと、既にロイド兄上が席に着いていた。

「ふん、ようやくのご到着か。たいした成果も上げていないくせに、ずいぶんと余裕だな」

ロイド兄上は俺を見るなり悪態をつく。いわく、『俺が代官の地位を与えられたときは、最初の一年でもっと成果を上げげた』とのことだ。

目に見える成果が全てじゃないことも分からないなら黙っておけば良いと思う。

「ロイド兄上は順調なんですか？」

「俺を誰だと思っている。今年は更に経済を成長させた」

「へぇ……どのような方法を使ったんですか？」

なんて、社交辞令として尋ねるがその方法は知っている。

町の税を下げて、周囲に迷惑を掛けまくっている政策のことだろう。周囲の利益を奪っているんだから経済が活性化して当たり前だ。これで町の経済が落ち込んでいたら目も当てられない。

「ふん。手の内を明かすわけがなかろう。だが……そうだな。あのウォルトが、たしかに短期で経済を伸ばすのなら有力な方法だとお墨付きをくれたと言っておこう」

「そう、ですか……」

お目付役のお墨付きと聞いて一瞬だけ疑問に思ったがなんのことはない。

短期的に経済を伸ばすのなら有効――つまりは、長期的な視点での効果や、周囲へのあれこれを考えていないと暗に指摘されているのに、ロイド兄上が気付いていないだけだ。

なのに、得意げに笑うロイド兄上は滑稽以外の何物でもない。

「それより聞いたぞ。なにやら領内で盗賊が暴れ回っていたそうだな。しっかり統治できていないから、そのような無様なことになるのではないか？」

「ご心配なく。盗賊なら全て捕らえて犯罪奴隷に落とし、ジェニスの町の労働力として利用させてもらっていますから」

「……ふん。そうらしいな」

嫌がらせは痛くも痒《かゆ》くもない。むしろ利益になったと言ってやると、ロイド兄上の顔が一瞬だけ怒りに染まった。だが、すぐに取り繕った表情を浮かべる。

意外にも自制心を持ち合わせているようだ。

「そういえば連中、気になることを言ってましたよ。なんでも、自分達はジェニスの町近辺で盗賊行為をおこなえと、どこかの誰かに命令された、とか」

「ほう？　それで、なにが言いたい？」

ニヤついたのは、追及されたら濡れ衣を着せるのかと言い返すつもりだからだろう。

証拠がない以上は追及できないのは分かってる。俺だって同じ失敗を繰り返すつもりはない。だから――俺もニヤリと笑ってやった。

「いやなに。もしそれが事実だとしたら、俺のもとに労働力を運んでくれた、どこかの馬鹿に感謝してやりたいと思いましてね」

「――なっ!?」

「おや、兄上、どうかしましたか？　顔色が真っ赤ですよ？」

馬鹿呼ばわりされたロイド兄上が怒りに拳を振るわせるが――言い返せるはずがない。俺が馬鹿にしたのはあくまで、俺に盗賊を差し向けたどこかの誰か。

それで文句を言えば、自分が盗賊を差し向けた黒幕だと認めるも同然だ。

ここには俺達のほかにも、父上の使用人も控えている。そんなところで俺を殺そうとしたと認めるも同然の発言をしたら言い逃れは苦しくなる。

それが分かっているから、ロイド兄上も即座には言い返してこない。

「……くっ。この……」

「どうしました？　なにか問題でもありましたか？　ロイド兄上も思うでしょう？　盗賊なんて不確かな連中を使う奴がいたとしたら、そいつは考えなしの大馬鹿だって」

「き……ぐっ。はぁ……。ふっ。盗賊を退治した程度で図に乗ったか。やはり、おまえのような無能は、ウィスタリア伯爵家に相応しくない。俺が当主になったら追放してくれる！」

ロイド兄上は握った拳を振るわせながらも、怒りを抑え込んだらしい。話が繋がっているようで繋がっていないことを捲《まく》し立てると、父上に報告に行くと立ち去っていった。

……残念、ここで我を失ってくれれば楽だったんだけどな。

「あれで人を貶めるのだけは上手いんだから厄介なものだな」

ロイド兄上が部屋から退出した直後、レナードが吐き捨てるように言った。レナードが俺以外に対して悪態をつくのは珍しい。相当腹に据えかねているのだろう。

だが、腹に据えかねているのは俺も同じだ。

ライバルであるクリス姉さんを蹴落としたことは、気に入らない遣《や》り口だが貴族にとって必要な駆け引きの結果だと思うことが出来た。

けれど、罪もない平民に損害を与え、他領の令嬢であるフィオナ嬢を巻き込んだ。ロイド兄上は人としてだけではなく、貴族としても越えてはならない一線を越えた。

「アレン。分かっていると思うが負けるなよ？　あいつは裏からおまえを殺そうとした。あいつが当主になれば俺達は確実に消されるぞ」

それに対して俺は分かっていると頷いた。

いまや俺の安全だけじゃない。クリス姉さんやフィオナ嬢の安全も守る必要がある。それになにより、卑劣な男にウィスタリア伯爵家を任すわけにはいかない。

「だが、今日の報告に限って言えば、負けるとは思えないな」

「ふっ。まぁ、そうだろうな」

レナードが相づちを打つ。その表情が笑っているのは、報告に向かったロイド兄上がどうなるか予想がついているからだろう。

自分の治める町の利益を上げるためだけに、ほかのウィスタリア伯爵家の町に被害を及ぼし、他領に対しても喧嘩を売るような行動を取った。対策を打っていたのならともかく、あの様子ならそれもない。今頃はお叱りでも受けていることだろう。

そんな予想をしつつ待つことしばし、ロイド兄上は俺の予想通りに憔悴《しょうすい》した顔で戻ってきた。自分のやらかしたミスを指摘されたのだろう。

そのロイド兄上が、俺を血走った目で睨みつけてくる。

「なんだその目は！　俺をそんな目で見るな！」

「そんな目と言われましても……急にどうかしたんですか？　自分の政策が上手くいっていると自慢していたじゃありませんか」

「く……っ。どうせレナード辺りに教えてもらって知っていたのだろう！」

「政策の内容ですか？　もちろん報告は受けていましたよ」

「くっ。自分の力ではなにも出来ない無能が！　まだだ。まだ終わったりはしない！　おまえには絶対に負けないから覚えてやがれ！」

ロイド兄上はなにやら捲し立てて走り去っていった。

清々《すがすが》しいまでの捨て台詞《ぜりふ》である。

ロイド兄上が予想通りの評価を下されたことには一安心だが――少し緊張してきた。

冷静になって考えれば、ロイド兄上の評価が下がっても俺の評価が上がるわけじゃない。俺もこの一年弱で目に見えるような成果は上げてない。長期的な利益を考えて動いた結果だが、父上にそれを理解してもらえるか分からない。

そんなことを考えていると、執務室へ来るようにと呼ばれた。俺はレナードに見送られ、父が待つ執務室へと足を運ぶ。

装飾は最小限で、実務を優先とした造りの内装で整えられた執務室。

そのシステムデスクの向こう側に、現ウィスタリア伯爵家当主にして俺の父上、ヴィクターがゆったりとした椅子に座っていた。

「数ヶ月ぶりか。元気そうでなによりだ」

「ご無沙汰しております、父上。そういえば、兄上がなにやら荒れていましたが？」

「ふむ。気になるか？」

「予想はついていますが、出来れば父上の考えは知っておきたいです」

「良いだろう。おまえもずいぶん苦労をしたようだからな。その顚末《てんまつ》くらいは教えてやろう」

父上は前置きを一つ、ロイド兄上の評価について話し始めた。内容は主に、例の税率を下げたことに対するあれこれだ。

ロイド兄上は目先の利益に走って周囲の者達に不利益を負わせた。とくに付き合いのある他領に迷惑を掛けたことは、父上がその埋め合わせをすることになったらしい。

つまり、ロイド兄上の失態の尻拭いを父上がおこなった。それはロイド兄上にとっての大きな減点となったらしい。

「痛みを覚悟の上での政策なら評価も変わったのだがな。あれはまったく気付かず、自分が利益を得ることと、おまえに嫌がらせをすることしか考えていなかった」

「……兄上が俺への嫌がらせを認めたのですか？」

思わず目を見張るが、それは早とちりだった。

「おまえが襲撃された件なら把握しているが、もちろんあやつは認めていない」

「フィオナ嬢も巻き込まれたのですが、お咎めはない、と？」

「そうは言っていない。事実かどうかはともかく、客観的に見てあやつの行動は怪しすぎるからな。ゆえに、あやつには大きな減点を与えた」

「……なるほど」

俺を助ける理由にはならないが、兄上の評価を下げる理由にはなったと言うことか。

予想していたよりもずっと、兄上の評価が下がっている。この調子なら、兄上が次期当主に選ばれる可能性は低そうだ。

そんな風に俺が安堵の息をついた瞬間、父上が俺を睨みつけた。

「勘違いするなよ。まだおまえを次期当主に決めたわけではない」

「それは……もちろん分かっています」

「いや、おまえは分かっていない。現状でおまえが結果を出しているのは事実だし、ロイドの評価が底辺なのも事実だが……わしはロイドの方が当主に向いていると考えている」

「……父上は、兄上の遣り口の方が好みなのですか？」

「いまのあやつではまるで話にならんがな。もう少し成長すれば、それなりの当主にはなるだろうと考えている」

ゾクリとした。

父上はむしろ、兄上のやり方を推奨している。兄上の行動に問題があるとすればそれは、周囲に気取《けど》られたことであると言わんばかりだ。

「質問を変えます。いまの俺のやり方ではダメだというのですか?」

「ふむ……それは難しい質問だ」

父上は寒気のするような圧力を引っ込め、あごを指で撫でつけた。

「おまえのやり方は実に理想的だ。おまえが長期的な利益を求めて、町の改革をおこなっていることも知っているし、将来が楽しみだとさえ思っている。おまえが一皮剝《む》ければ、後世に名を残す当主となりうるだろう」

俺がもっとも心配していた点を評価されるばかりか、買いかぶりだと言いたくなるくらい評価されている。なのに、ロイド兄上の方が当主に向いていると言われては安心できない。

俺は胃が痛くなる思いでなにが問題なのかを尋ねた。

「貴族として見た場合、おまえは甘すぎるのだ。今は上手くいっているが、今後もそうなるとは思えない。ゆえに、おまえの評価は難しい」

「……なるほど」

結果だけを見れば、俺はクリス姉さんを味方に引き入れ、アストリー侯爵家と強い縁を結び、将来に向けて産業を始めている。

だが、クリス姉さんにバームクーヘンの作り方を教えたときも綱渡りだったし、アストリー侯爵領に石鹸の工房を作ったことは甘いと評価されてもしかたない。

たしかに、一歩間違えば俺はとっくに自滅していたかもしれない。

「父上。たしかに俺の行動は甘く、危うく見えるかもしれません。ですが、俺は勝ち目のない勝負をしたつもりはありません」

「ならばロイドに見事対抗して見せよ。他家にもロイドのような者はいくらでもいる。あやつすら下せぬようでは、そなたに次期当主たる資格はないと思え」

「ならば、今後の行動を以て証明してご覧に入れます」

父上と真っ向から睨み合う。

無言の圧力を掛けていた父上だが、不意に笑みを零した。

「そうか。不利を承知の上で自分の道を進むというのなら止める理由はない。おまえのやり方で見事、ロイドから当主の座を奪い取って見せよ」

「仰せのままに」

3

定期報告を終えて数日、俺はまだ父上の屋敷に滞在していた。

報告のときにフィオナ嬢のことを意図的に伝え忘れたので、さっさと領地に帰る予定だったのだが、父上の方からフィオナ嬢に挨拶をしておこうと連絡があったのだ。

本音をいうと、婚約破棄を企んでいるのであまり会わせたくないのだが……あまり露骨に会わせないようにすると見透かされそうで怖い。

あまり大げさな紹介は避けたいが、侯爵令嬢とちゃちゃっと会うわけにもいかない。日をあらためて、個人的な茶会を開くと言うことになった。


そんなわけで、フィオナ嬢は視察という名目で町を見て回っている。対して俺は父上経由で、料理人に頼まれたバームクーヘンの作り方のチェックをしていた。

「なるほど、生地を塗って焼き上げる間隔が重要なんですな」

「厚さでも、焼き加減でも食感が変わるからな。もっとも、その辺は好みもあるから、一概にどうした方が良いとは俺は言えない」

俺は料理本を見てそのまま作っただけ。料理人のように作り方を探求したわけじゃないので、改良するためには知識が足りない。

だが、前世では料理人が突き詰めて作ったバームクーヘンを食べたことがあるので、そのときの味を思い出しながら、あれこれアドバイスをした。

ちなみに、いつもはどこかで自分の仕事をしているレナードが、今日は珍しく俺の側に張り付いている。相変わらずバームクーヘンがお気に入りのようだ。

なにはともあれ、父上に頼まれたバームクーヘンの確認は終了。俺はレナードを伴って部屋に戻ることにしたのだが、途中の廊下でロイド兄上と鉢合わせしてしまった。

「おやおや。こんなところで油を売っているとは。一年目でちょっと良い評価を得たからといって調子に乗っているんじゃないか？」

いきなりの批判に内心でため息をつく。

調子に乗るどころか、良い評価を得たとすら思っていない。なのにそんなセリフが出てくるのは、ロイド兄上が勝手に嫉妬している証拠だ。

「そういう兄上こそ、領地に戻らなくて良いのですか？　税を軽減したことで生じた他領との軋轢《あつれき》を軽減しなくてはいけないんでしょう？　大変ですね」

「この――っ！」

怒りをあらわに睨みつけてくる。

言い返さなくても絡んでくるし、言い返したら逆上する。どっちにしても面倒くさい。

「それでは失礼します。兄上の言うとおり、俺に油を売っている暇はありませんので」

「――待て」

さっさと立ち去ろうとしたが、やっぱり捕まってしまった。俺はため息をつきそうになるのを我慢して、なんですかと問い返した。

「その腰の剣は護身用か？」

「あぁ、これですか？　最近物騒なので持ち歩いているんです。それがなにか？」

他家にいるときならちゃんと預けるか許可を取るが、自宅で帯剣していたからといって文句を言われる筋合いはない。そう思ったのだが、そもそも質問の趣旨が違っていた。

「なるほど。おまえは色々と危険な目にも遭っているようだからな。護身用の剣を持ち歩くのは必要なことだろう」

「……はぁ、そうですね」

「だが、持っているだけでは意味がないぞ。どれ、俺が剣の手ほどきをしてやろう」

こいつ正気か――と、背後に控えていたレナードが呟いた。

ちなみに、俺も同じ心境である。

「……剣の手ほどき、ですか？」

「襲撃では事無きを得たようだが、どうせ優秀な護衛に助けられただけなのだろう？」

「まぁ俺の仲間が優秀なのは否定しませんよ」

「ふ、やはり思った通りか」

仲間が優秀なのは事実だが、助けられたわけではないと遠回しに伝えたのだが、残念ながらロイド兄上には伝わらなかったようだ。

伝わったら伝わったで、嘘を吐くなとか言われそうだからあえて遠回しに言ったんだけどな。

「しかし、いくら仲間が優秀でも、必ず側にいるとは限らないだろう。ゆえに、いざというときに自分が戦えなくては意味がない。兄である俺がおまえに手ほどきをしてやろう」

どうやら、剣の稽古という名目で、俺に憂さ晴らしをするつもりらしい。

「すみませんが、兄上がおっしゃったように俺にはやることがあるので遠慮しておきます」

「なんだ、逃げるつもりか？」

分かりやすすぎる挑発だ。日頃の恨みを晴らすべく返り討ちにしてやりたい気もするが、逆恨みを買ってますます狙われるのも面倒くさい。

中途半端な反撃は事態を泥沼化させるだけだ。いつか一撃で次期当主の座から引きずり降ろす機会が巡ってくるまでは我慢だ。

そう思ってウォルトを探すが、今は側にいないらしい。ロイド兄上のお目付役である彼なら止めてくれるかもと期待したんだが……いないものはしょうがない。

だから「お好きに受け取ってください」と勝ちを譲って踵を返したのだが――

「ふっ。ウィスタリア次期当主を目指す者が、剣の一つも振るえぬとはな。父上や他所の貴族達が聞いたら、一体どう思うだろうな?」

背中へ投げかけられた言葉には足を止めざるを得なかった。

もちろん、先ほどと同じ類いの挑発であることは分かっている。だが、父上に甘いと評価された俺が、ここでまた兄上の横暴さに気圧《けお》されたと評価されるのはちょっと困る。

「……分かりました。そこまでおっしゃるのなら、お言葉に甘えることにします」

「ああ、たっぷりと面倒を見てやる」

——そんなわけで、俺達は中庭へと移動する。先をずんずん歩くロイド兄上の後を追い掛けていると、レナードが「良かったのか?」と耳打ちをしてきた。

「父上を失望させるわけにはいかないからな。兄上が疲れるまで適当にあしらうさ」

兄上がメンツを保てる程度にあしらって、しばらくしたら終わろうと提案する。いまはまだ有利だが、このままだと負けるかもしれないと思わせればさすがの兄上も諦めるだろう。


やって来たのは中庭。ロイド兄上が部下に木剣を用意させ、その片方を俺に投げてよこした。俺はそれを空中で受け取って軽く振ってみる。

……なんか見えないくらいのヒビが入ってるな。上手く受ける分には折れそうにないが、側面とかで受けたらボキッと折れそうだ。

……まあ、下手に受けなければ折れない程度だから問題ないけど。

「最初に言っておく。油断をすれば怪我をすることもあるだろう。だがそれは油断をした方が悪い。あくまで自己責任だ。怪我をしたくなければ、せいぜい気を付けることだ」

「……ええ、問題ありません」

「では、まずはおまえの力量を見てやる。どこからでも掛かってくるがいい！」

中庭の真ん中で、ロイド兄上が木剣を……構えて？　構えているのか？　なんか、突っ立ってるようにしか見えないんだが……

どこからでも掛かってこいと言っているが、本当にどこからでも打ち込めそうだ。

どのくらいを狙えば、ちゃんと受け止めてくれるだろうか？　剣の握り方が乱暴で、下手に打ち込んだら剣を取り落とさないか不安なんだが……

「どうした、来ないのならこっちから行くぞ！」

俺が迷っているうちにロイド兄上が打ち込んできた。助かった。こちらが防御に徹するだけなら、うっかり倒してしまうこともない。

俺は大ぶりで放たれた一撃をギリギリの体《てい》で受け止めた。

「ふっ、止めたか。ならこれはどうだ！」

一度引いた剣を大きく振りかぶり、再び上段から振り下ろす。ロイド兄上は受け止められるたびに一度剣を引いて、横薙《よこな》ぎ、次は袈裟《けさ》斬りと、単発の攻撃を何度も放ってくる。

流れるような連続攻撃とはほど遠いので、攻撃の合間が隙だらけだ。攻撃は単調で読みやすいのだが……痛い。剣を持つ手が痺れてきた。

大ぶりの一撃を真正面から受け止めるには、俺の握力が不足しているようだ。

そんなに剣の稽古をしてるようには見えないが、ロイド兄上は平気なのか？　と思って顔色をうかがうと、なにやらムキになって剣を振るっている。

ダメだこいつ、俺を剣でぶん殴ることしか頭にねぇ。

俺はまともに受けるのを諦めて、一撃一撃を上手く受け流すことにした。

衝撃は少なくなるが、ヒビの入った木剣で上手く受け流すには相当な技量が必要になる。俺は細心の注意を払ってロイド兄上の剣を受け流して行く。

「ほらほら、どうした！　防戦一方だぞっ！」

攻めどころと思ったのか、ロイド兄上の攻撃が勢いを増した。

袈裟斬りを掻い潜《くぐ》るように受け流し、返す刀を撥ね上げる。乾いた木剣を擦り合わせる音が中庭に響き、何事かと使用人が集まってくる。

あまり見られたくないんだが……こうなることを予想しておくべきだった。

「はぁ……はぁ。なかなか、くっ。やるじゃないか」

息が上がったようで、ロイド兄上が動きを止めた。ここらで手打ちにするのが無難だろうと、手合わせをしてくれたことへ感謝を述べようとする。

その直前、ロイド兄上がそう言えばと切り出した。

「おまえの婚約者、名前をなんと言ったかな？」

その問い掛けに、どうしようもなく嫌な予感を覚える。ロイド兄上の顔には、いつかクリス姉さんをハメたときと同じような嫌な笑みが張り付いていた。

「フィオナ嬢になにをした？」

「俺はなにもしていないさ。父上にも大人しくしていろと言われたばかりだしな」

「なら、どうして彼女のことを話題にした？」

「たまただよ、たまたま。ただ……あの娘、侯爵令嬢であるにもかかわらず、ろくに供も連れずに町を歩き回っているらしいな。最近はどこの町も物騒らしいからな。あんな無防備な女が一人で出歩いていたら誰かに襲われても――っ」

ロイド兄上が口を閉ざした。いや、俺が閉じさせた。

互いの距離を一息で詰め、その喉元に木剣を突きつけたのだ。

「今度あいつのことを口にしてみろ。その喉を潰してやる」

「なっ。き、貴様……誰に向かってそんな、口を……」

俺に睨まれた兄上が生唾を飲み込んで黙り込む。俺が剣を引くと、ロイド兄上はへなへなと芝の上にへたり込んだ。

それを見届け、俺はレナードへと視線を向けた。

「レナード、この場を頼む。俺はフィオナ嬢を迎えに行く」

「あぁ、分かった」

「――待て、まだ稽古は終わっていない！　自分から教えを請うておきながら、おまえは俺に挨拶もせずに退出するつもりか！」

苛立ちを覚えて奥歯をかみしめる。だが、挑発に乗っては思うつぼだ。ロイド兄上ですら挑発に乗らない程度の自制心があるのに、俺が乗せられるわけにはいかない。

俺は怒りを抑え込んで、ロイド兄上の方を向いた。

「これは失礼いたしました。急用を思い出しましたので、今日はこれで稽古を終えていただけないでしょうか？」

「ダメだ。この稽古はどちらかが勝つまで続ける」

「では兄上の勝ちで構いません」

「――くくく。そういえば言ってなかったなぁ！　どちらかが土下座をして、敗北を認めて泣き叫んだ方が負けだ。それまでは稽古を続けるぞ！」

勝ち誇ったような高笑いが中庭に響き渡る。

「あぁ……そうか。気付かなくて申し訳ありませんでした。ロイド兄上は、俺に土下座がしたくてしたくて仕方なかったんですね」

「ああ？　てめぇ、なにを言って――っ」

一瞬で距離を詰め、容赦なく木剣を振るった。

「がはっ！　ば、馬鹿な、いま、なにをした……っ」

脇腹を打たれた兄上がうめき声を上げる。

兄上の問いには答えず、無言で追撃を掛ける。手首を打ち抜いて木剣を弾き飛ばし、痛みでくの字になった兄上の太ももに一撃を加えて膝をつかせる。

その瞬間、俺の持っている木剣が折れて使えなくなるが、膝をついて低くなったロイド兄上の顔に回し蹴りを叩き込んだ。

「があぁぁぁぁぁあぁぁっ！　痛い、痛いいいいいっ！」

折れた木剣の代わりにロイド兄上の木剣を拾って、芝の上でくの字になって呻《うめ》くロイド兄上の髪を摑んで引き起こした。

「……違うでしょ。そこは土下座をして『俺の負けです、許してください』ですよね？」

「アレン、き、さまぁ……いい、か。よく聞け。絶対に、絶対に後悔、させてやる。今後、おまえも、おまえの周囲の者も、外を出歩けると思うな――がぁっ」

「あぁそうか、まだ勝負は終わってないって言いたいんですね。その根性は嫌いじゃないですよ、ロイド兄上。でも、急いでるんで、いいかげんにしてください」

顔面を足で踏みつけ、芝の上に押しつける。

「さぁ、早く泣き叫んで負けを認めてくださいよ」

「や、やめ――ぐっ。許さん、絶対に――がはっ。後悔させ――がっ。させっ。ぐっ。ま、待て、うぐっ。待てと、言ってる――ぐふっ」

反論するたびに踏みつける足に力を入れるとようやく大人しくなってきた。

「ところで、フィオナ嬢になにをしたんですか？」

「そ、それは……た、ただの世間話だ！　俺はなにもしてない！　おまえこそ、こんな真似をしてどうかしている！」

「まぁ……そうかもしれませんね。でも……兄上も今後は発言に気を付けた方がいいですよ？　たとえ事実無根だとしても、フィオナ嬢に危害を及ぼすような発言をされたら……勘違いしてしまうじゃありませんか」

「ぎゃあああああああああああっ！」

利き腕の関節を外してやるとロイド兄上が悲鳴を上げた。

「ひぃ。ま、待て。俺が悪かった、許してくれぇ！」

「もし……もしあいつが誰かに襲われたら、襲った奴が誰でも関係ない。まず最初におまえを血祭りに上げて、生まれてきたことを後悔させてやる。――覚えておけ」

ダメ押しに頬を掠《かす》めるように木剣を突き出して地面に突き刺した。

だが……返事がない。

本当に強情だな――って違うな、気を失ったのか。泣いて土下座をさせるまで稽古は終わらないって話だったが……まあ意識がなければ引き留められることもないか。

「なにをしているっ！」

不意に中庭に響いた声に顔を上げると、父上がウォルトと護衛の兵士数人を引き連れて駆け寄ってくるところだった。

「これは父上。このようなところへ、どうされたのですか？」

俺はロイド兄上の頭から足を下ろして父上に向き直った。

「剣の稽古をしていたところへ、ウォルトから厄介な話を聞いて様子を見に来たのだが……この惨状はなんだ？」

「剣の稽古をしていただいてました。どちらかが土下座をして、泣き叫ぶまで終わらないとロイド兄上に言われたので土下座させようとしていたのですが気絶されてしまいました。残念ながら勝負は引き分けのようです」

「……いや、どう見てもおまえの勝ちだろう」

ブラックジョークに素で返されてしまう。ちょっとした気まずさを覚えていると、父上は俺と気を失っているロイド兄上を見比べて「ふむ……」と呟いた。

「アレン。念のために少し事情を聴かせてもらうぞ？」

「申し訳ありませんが後にしてください」

「……なに？」

断られるとは思ってもいなかったのだろう。父上がピクリと眉を撥ね上げる。

「父上はこの町が最近物騒なことをご存じですか？」

「……なるほど、ロイドから聞いたのか」

予想外の反応を受けて、俺はおやっと首を捻《ひね》る。

「……実際に物騒なんですか？」

「いや、先ほどウォルトからその話を聞いた」

そうか、ウォルトが側にいなかったのは父上にその件を報告していたからか。おそらくはお目付役として、ロイドの行動を見かねて報告したのだろう。だったら話は早い。

「実は先ほどロイド兄上から一人で出歩いているフィオナ嬢が危ないかもと聞かされたので、いまから迎えに行くところなんです」

「……そうか。では、詳しい話は後でよい。ウォルトから話を聞いた限り危険はないと思うが、念のために迎えに行ってやるがよい」

危険がないと言うのはなぜか。

フィオナ嬢が強いからという可能性も考えたが、いまの言い方だとたぶん違う。ウォルトから聞いたと言うことは、大きな問題にならないように手を打ってあるのだろう。

そういうことなら危険はないと思うが、念のために迎えに行くことにしよう。

4

フィオナ嬢を探すべく、俺は町の大通りへとやって来た。ジェニスの町よりもずっと大きくて、大通りには多くの人々が行き交っている。

なにも考えずに飛び出してきたけど、この状況でフィオナ嬢を探すのは至難の業だ。

フィオナ嬢の前世は一流の冒険者、魔術師だったために身体能力の影響を受けにくい。万が一にも大丈夫だとは思うけど……それでも顔を見るまでは心配だ。

どこにいるのか。フィオナ嬢――エリスの好きそうなところ……いや、違う。

最近のあいつはずっと、俺のために行動していた。町のどこかを見るのだとしたら、ジェニスの町の発展に役立つ場所を見ている可能性が高い。

ジェニスの町の発展に役立つ……いまのジェニスの町に必要なもの。

それは……人材。そう、人材だ。ジェニスの町にはいま、様々な工房を作る計画があるが、どれもこれも人材が不足している。工房に赴いて、職人の派遣や引き抜きの交渉。フィオナ嬢がここしばらく町を見て回っていたのはきっとそれが目的だ。

そう考えた俺は、工房が建ち並ぶ区画へと足を運ぶ。一軒ずつ回って、青みがかった黒髪の、胸の大きな女の子が来なかったかと尋ねて回る。

フィオナ嬢は端から回っていたようで、立ち寄った工房で尋ねるたびに、先日訪ねてきた、昨日訪ねてきたと、だんだん時間が近付いてくる。

そしてついに、さっき訪ねてきたという答えを得た。俺は急いで次の工房へと向かう——が、その工房の前では騒ぎが起きていた。

人だかりが出来て、なにやら周囲が騒がしい。

「すみません、なにがあったんですか？」

「ん？　あぁ……さっきここで黒髪の女性が暴漢に襲われたらしいんだ」「なんでも倒れたって聞いたわよ」「いま、工房で寝かされているらしいな」

野次馬達が次々に教えてくれる。

その言葉を聞いた俺は——頭の中が真っ白になった。とっさに野次馬の列を抜け出して、倒れた女性が寝かされているという工房へと駆け込む。

「フィオナ嬢はどこだ!?」

俺に気付いた職人達が色めきたった。そのうちの一人が険しい顔で立ち塞がってくる。

「急になんだ？　あんちゃんは何者だ？」

「女性が倒れて運び込まれたって聞いた。その子が知り合いかもしれないんだ。青みがかった黒髪で、胸の大きな女の子じゃなかったか？」

「あ、あぁ。あんたあの子の知り合いか？」

「――どこにいる!?」

「あの子なら、隣の部屋で――あ、おいっ!」

おっちゃんの制止を振り切って、俺は隣の部屋へと突撃した。その部屋の片隅、長椅子に寝かされたフィオナ嬢の姿があった。

側に駆け寄ってその身を抱き起こす。掛け布団にくるまっている華奢な身体は強く抱きしめたら折れてしまいそうだ。

それになにより、整った顔がいまは痛々しいほどに青ざめている。

「おい、フィオナ嬢、どこか怪我をしたのか!?」

「え? あ……アレン兄さん? どうしてここに?」

「そんなことより、無事なのかって聞いてるんだ!」

「ちょっと、兄さん、落ち着いて」

「落ち着いてなんていられるか。おまえが倒れたって聞いて、俺は――」

腕の中にいるフィオナ嬢が、俺の首に腕を回してぎゅっとしがみついてきた。フィオナ嬢の甘い香りと温もり、そして柔らかな感触に驚いて言葉を呑み込む。

「……私は大丈夫だから、落ち着いて。……ね?」

「あ、あぁ。悪い。それで……大丈夫なのか? 襲撃されたんだろ?」

「ちょっと絡まれただけだし、ちゃんと撃退したよ。もちろん、怪我だってしてないよ」

俺の首からするりと腕を抜くと、フィオナ嬢は長椅子に身を預けた。俺は本当に怪我をしてないのか確かめたくて、彼女の柔らかなお腹《なか》や脇を撫で回す。

「ひゃんっ。ちょっと、兄さん。くすぐったいよ」

「……本当に怪我、してないのか？　倒れたんだろ？」

「してないよ。倒れたのは熱があるからだよ」

「……は？　熱？」

「最近はしゃぎすぎて、風邪引いちゃった。えへっ」

フィオナ嬢はペロッと舌を出して言い放った。その言葉の意味を理解した瞬間、言いようのない感情が込み上げてくる。

「……に、兄さん、怒ってる？」

「心配したんだ、馬鹿っ！」

俺はフィオナ嬢を思いっきり抱きしめた。

フィオナ嬢がそこら辺の奴に怪我を負わされるとは思わない。だけど、腕に覚えのある俺だって暗殺されたし、フィオナ嬢も前世ではうっかりで死んだと言った。

もしかしたら――そんな風に思ったら、怖くて仕方がなかった。

「……良かった、本当に良かった」

「えっと……その。心配掛けてごめんなさい」

「いや……良いんだ。おまえが無事なら、それでいい」

フィオナ嬢、前世の妹に惚れたわけじゃない……と思う。だけど、とにかく、俺はこいつを失いたくないって……そう思った。

◆◆◆

アレンがフィオナ嬢の元へ駆けて行った後。無様に転がっていたロイドが当主の指示により、治療という名目で連行されていった。

それを見届けたレナードは、現伯爵家当主――ヴィクター・ウィスタリアにウォルトと入れ替わりで報告を求められ、執務室へと移動する。

大きな椅子に身をゆだねるヴィクターは、どこか喜んでいるように見えた。

「レナード、アレンはどうであった？」

「自分に向けられた悪意に対しては甘いと言わざるを得ないでしょう」

「だが、ロイドに迫ったあやつの横顔は、わしが思わず息を呑むほどであった。ただ甘いというわけではなかったのだな？」

「身内への敵意には敏感なようですね。切っ掛けはフィオナ様だったようです」

「ふむ……朴念仁だと思っていたが、あの娘に心底惚れているようだな」

アレンが聞けば誤解ですと全力で否定するところだが、あいにく彼は婚約者を迎えに行っているところである。レナードはそのようですと相づちを打った。

だが、レナードが誤解をするのも無理はない。アレンとフィオナは出会ったばかりにもかかわらず信頼し合っていて、二人でいるときも自然な空気を醸し出している。

兄妹であることを知らなければ、二人は熟年の夫婦のようにしか見えない。

「それで、このたびの一件、どう処理をなさるおつもりですか？」

「ふむ。アレンは気付いていたようだが、今回の一件はウォルトが手を打ってある。フィオナ嬢に危険が及ぶことはない」

レナードの質問に対して、少しズレた答えが返ってくる。その差異が生じた理由に思い至り、レナードは眉をひそめる。

「最初から危害を加えるようなことはしていない。ゆえにロイド様を罰する理由はないと、ヴィクター様はそうおっしゃるつもりですか？」

「表向きの理由は、アレンのやりすぎた行為と相殺だ」

「あれは、ロイド様の自業自得だと思いますが？」

「ふむ……不満そうだな？」

「当然です。俺だって盗賊の一件では死ぬところだったんですから」

盗賊の目当てがアレン一人だったとはいえ、抵抗して殺される可能性はあった。むしろ、レナードは自分の命と引き換えにアレンを逃がすつもりだった。

証拠がないとはいえ、ロイドが黒幕なのは明らかだ。にもかかわらずロイドが事実上無罪放免でいる現状が気に入らない。

そのうえ、今回の件でもお咎めなしといわれれば、納得がいかないのは当然だった。

「ふむ。おまえが腹を立てているのは、本当に自分が危険にさらされたからか？　アレンの敵を排除したいからではないのか？」

「……どちらかといえば後者です。それになにか問題が？」

レナードの答えを受け、ヴィクターがクククと喉の奥で笑った。

「最初は仕え甲斐のない相手だと嘆いていたおまえが、変われば変わるものだな」

「自分の見る目のなさを恥じるばかりです。まさかアレン様があれほど文武に秀でておられるとは夢にも思いませんでした」

「それはわしも同じだ。あやつは政治の道具向きな性格だと思っていたからな」

貴族は時折、子供を政治の道具として、他者に従うように育てることがある。アレンはなにをするまでもなく、そういった素養が備わっていた。

だから、次期当主候補から外すと伝え、アレンが素直に従うようであれば、すぐにでも政治の道具として婿に出す予定だった。

だが、アレンは変わった。殺気を飛ばすヴィクターの目を見てチャンスが欲しいと言った。

「あやつが当主となれば、なかなか面白いことになるやもしれんな」

「そう思うのなら、なぜロイド様を過剰にかばうのですか？」

アレンをひいきして欲しいわけではない。だがレナードの目には、ヴィクターがロイドをひいきしているように見える。それが理解できなかった。

「ロイドに期待しているからだ」

「期待、ですか……」

レナードは複雑な心境でその言葉を受け止める。

いまはまだ愚かさが目立つロイドだが、敵を排除する苛烈さは悪くない。もう少し歳を重ねて慎重さを身に付けることが出来れば、権謀術数に長けた当主へと成長するかもしれない。

アレンにつく前のレナードはそのように考えていた。

「こう言ってはなんですが、彼は成長する前に取り返しの付かない問題を起こすのではありませんか？　アレンに敵愾心《てきがいしん》を抱いているいまのロイド様はかなり危険なように思います」

「どうかな？　アレンに対して相当恐れを抱いていたようだぞ？　尋問をした者によると、意識を取り戻すなり土下座をして許しを請うていたらしい」

「それは重畳《ちようじよう》。ですが、喉元過ぎれば熱さは忘れます。いずれ復讐に走るのでは？」

「むろん、次はないと言い含める。ウォルトに監視させ、次に一線を越えるような真似をしようとしたら未然に防ぎ、これまでの分も含めて罰を与えると約束しよう」

自らが仕える相手にここまで言われれば従うほかはない。

だが——

「そのウォルトが側にいながら、今回の事件が起こったのでは？」

ウォルトが信用できないと食い下がり、ヴィクターの顔をまっすぐに見据える。いまの彼はヴィクターに仕える従者ではなく、アレンの忠臣であった。

ヴィクターは少し驚いた顔をして、そしてわずかに笑った。

「ウォルトには越えてはならぬ一線を越えぬ限りは手を出す必要はないとも言ってある。ゆえに、ロイドの嫌がらせは……まあ、そのうち再開されるであろうな」

「何故そのようなことを……」

レナードは当主の考えが分からなくて困惑する。

「言ったであろう。ロイドにも期待している、と。ロイドはたしかに愚かな部分が目立つが、アレンの甘さは貴族社会において致命的だ」

「ですが、今回の一件でそれを払拭したのでは？」

「そうかもしれぬ。だが、あやつが苛烈さを見せたのはなぜだ？」

「それはフィオナ様が心配だったからに他なりません」

レナードは断言するが、ヴィクターはそうではないと口にした。

「あれが苛烈さを見せたのは、ロイドが愚かな行為に走ったからだ」

「……まさか、そのためにロイド様を当主候補に留めると？」

アレンを成長させるための道具という言葉がレナードの脳裏をよぎった。もしそうであれば、ロイドに期待するという、さきほどの言葉の意味がまるで変わってくる。

「勘違いするなよ。わしがロイドを評価していたのは事実だ。なにしろ、わしが有力な当主候補として養子にしたクリスを一蹴したのだからな」

「なるほど……」

レナードは当初、クリスの能力が一番高いと考えていたが、ロイドはクリスを戦いの場にあげるまえに排除した。あの手際はたしかに見事だった。

「だが、アレンはクリスを味方に引き入れ、ロイドの謀略も一蹴している。あやつに対する期待が大きくなるのは当然だ」

「それゆえのロイド様、ですか……」

「そうだ。ロイドとやりあうことで、アレンはいまよりも成長していくだろう。わしはあれがどこまで成長するか見たいのだ」

「――御意」

レナードは当主の意向を受け入れた。自分の仕事はアレンの万難を排して護ることではなく、成長を促すことだと考えたからだ。

こうして様々な思惑が交錯した結果、ロイドは自宅謹慎という軽い処罰で許されたが……その真相を知っている者はごく一部の者だけだった。

エピローグ
「フィオナ嬢、体調はどうだ？」

ウィスタリア伯爵家にある客間。フィオナ嬢が眠る部屋に入った俺は、ベッドサイドに座ってフィオナ嬢のおでこに手を当てて熱を測る。

　まだ少し熱い……けど、最初と比べるとずいぶん顔色が良くなったように見える。

「だいぶ良くなったみたいだけど、もうしばらく安静にしてるんだぞ？」

「うん……ありがとう」

　珍しくしおらしい。……というか、ベッドに横たわっている姿が愛らしい。俺は思わずフィオナ嬢の頬にかかっている髪を指でそっと払う。

「ところで兄さん、今回の顚末はどうなったの？」

「あぁ……今回の顚末な」

　俺は溜め息をついた。フィオナ嬢を連れ帰った後、父と今回の一件について色々と交渉をしたのだが、俺はハッキリ言ってあまり納得が行っていない。

それでも聞きたければ話すが聞きたいかと問い掛けると、フィオナ嬢はこくりと頷いた。

「……分かった。なら教えるが、フィオナ嬢を襲った連中は厳罰に処されるが、黒幕とおぼしきロイド兄上は自宅謹慎程度だ」

ちなみに襲撃犯は厳罰に処すと聞いてはいるが、なんだかんだで減刑されるだろう。

フィオナ嬢を襲ったのは、おそらくはウォルトがロイドの命令を曲げて手を回した相手。フィオナ嬢に脅しは掛けても危害を加えないように厳命されていたはずだからだ。

まあそんなわけで、そいつらが減刑される分には構わない。

……というか、彼らはフィオナ嬢によって、再起不能なレベルでダメージを負わされていたので、どちらかというとお見舞いをしてやりたい気分だ。

フィオナ嬢にはぜひ、過剰防衛という言葉を覚えてもらいたい。

問題はロイド兄上の方だ。

あれだけ怪しい発言をしていたのだが、実質的には無罪放免も同然だ。

「ロイド兄上は、俺が返り討ちでボコボコにしたことで、精神的な後遺症に苦しんでるみたいなんで、その行き過ぎた行為と相殺するって言われちゃったんだよな」

「兄さんは、過剰防衛って言葉を覚えた方がいいと思うよ？」

「むぅ……」

フィオナ嬢に言われるなんて心外だ。

「でも、泣き寝入りしたわけじゃないぞ。父上に抗議して、もし今度なにかあればたとえ証拠が不十分でも、ロイド兄上を当主候補から外してもらうとの確約を得た」

「え、どうやってそんなこと了承してもらったの？」

「……まぁ、色々カードを使ってな」

バームクーヘンの貸し、それに新商品の利権をちらつかせた。でもってダメ押しに、もし確約してくれない場合、身内が襲われたら犯人が誰であろうとロイド兄上を殺すと宣言した。

むろん、そんなことをしたら俺も無事では済まない——が、お家騒動に加えてウィスタリア伯爵家は次期後継者候補を一度に失うことになる。

それが嫌ならちゃんと手綱を握れと、父上に脅しを掛けたのだ。

脅迫じみた手段を咎められる覚悟だったのだが、なぜか父上は嬉しそうで、次に一線を越えることがあれば、証拠不十分でも次期当主候補からロイド兄上を外すと約束してくれた。

さすがに俺の自作自演でロイド兄上を失脚させることは出来ないと思うが、ロイド兄上が俺の身内に危害を及ぼすことは出来ないだろう。

「もしかして……私のために無理をした？」

「してないよ」

「でも……」

「してないって」

まだなにか言いたそうなフィオナ嬢の唇に指先を乗せる。

フィオナ嬢はその指先をパクッと――

「なんで咥《くわ》えるんだよ!?」

「舐めて欲しいのかなって思って」

「誰がそんなこと言った、どういうプレイだよ」

「これふぁ、指ふぇ――むぐぅ」

悪い口に指を思いっきり突っ込んでやった。おかげで指が唾液でベタベタになったので、フィオナ嬢の寝間着の脇にこすりつけて拭う。

「酷い！」

「酷いのはおまえの頭の中だ！」

呆れる俺に対して、フィオナ嬢がしょんぼりと目を伏せた。

「……そこまで落ち込むことか？」

「だって……私のせいで、兄さんは大切なカード、使ったんだよね？」

「なんだ……まだ言ってるのかよ」

変なことをし出したのは、後ろめたい気持ちの表れか。

まったく……無理はしてないって言ってるのに。

「あのな、本当に無理はしてないから」

「でも、カードは使ったんだよね？」

「あぁ、使った。色々なカードを使った。でも……そうする価値があると思ったからだ。しかたなく使ったわけじゃない。それくらい分かれ」

「えっと、それって……」

フィオナ嬢はまばたいて、期待と不安の入り交じった表情を浮かべる。

「そ、そういえばアレン兄さん。私の寝室に長居して良いの？　ますます私と深い仲だってみんなに噂されちゃうよ？　取り返し、付かなくなっちゃうよ？」

掛け布団を被《かぶ》って口元まで隠したフィオナ嬢が問い掛けてくるが、その顔は構わないと言って欲しいと訴えている。

可愛いなぁ……と、不覚にも思ってしまった。

それに、フィオナ嬢が大怪我をしたって聞いたとき、心配でたまらなくなった。いまの俺は、こいつが望まぬ相手に嫁ぐことを受け入れられない。

「おまえが自分からどこかへ行きたいって言い出さない限り、手放したりしないから心配するな。気が済むまで俺の側にいればいい」

「それは……私と結婚してくれるってこと？」

「……さぁな」

俺はやっぱり政略結婚で妹と結婚することには抵抗がある。こいつが自由に生きるためだけなら、ほかにいくらでも方法があると思うのだ。
でも、もしこいつが政略結婚じゃなくて、俺と結婚したいって言ったのなら……

閑話　フィオナが秘めた記憶の欠片

子供の頃の私は、長男のランドル兄さんに虐められていた。

理由は……ただ単純に私のことが気に入らなかったんだと思う。ただ気に入らないって理由で、髪を引っ張られたり、意味もなく罵《のの》られたり……とにかく、虐められていた。

でも、ランドル兄さんに比べると私の立場はとても弱くて、逆らうことなんて出来なかった。ずっと我慢して生きていくしかないんだって、そう思っていた。

だけど――

「やめろよ、兄さん！　エリスが可哀想だろ！」

ある日、メレディス兄さんがそう言って私をかばってくれた。それまでろくに話したこともなかったのに、虐められてる私を見つけてかばってくれた。

そのとき初めて、私はメレディス兄さんが優しい人なんだって知った。

その日から、私がランドル兄さんに虐められることはなくなった。だけど代わりに、メレディス兄さんがランドル兄さんに虐められるようになった。

私のせいで、メレディス兄さんが虐められるようになった。自分をかばってくれたメレディス兄さんが虐められているのを目にするのは、自分が虐められる以上に辛い。

なのに、メレディス兄さんは私をかばって立ち向かうことを許してくれない。それどころか『自分といたらおまえがまた虐められるから』って、私を遠ざけようとする。

私はなけなしの勇気を振り絞ってメレディス兄さんに纏わり付いた。

「私、バームクーヘンが食べたいな」

「……は？　バームクーヘン？　それなら、料理長に作ってもらえば良いだろ？」

「うぅん。私、兄さんが焼いたバームクーヘンが食べたいのっ！」

「なんで俺が焼くんだよ。って言うか、どうやって焼くんだよ」

最初の頃はこんな感じで邪険にされて、自分に関わったらダメだと突き放される。

だけど私はめげなかった。メレディス兄さんが虐められて落ち込んでるのを見るたびに、私はなにかと理由をつけて纏わり付くようになった。

「ねぇねぇ、遊ぼう！」

「はぁ？　なんで俺が……使用人の子供とか、遊び相手はいるだろ？」

「やだやだ、私はメレディス兄さんに遊んで欲しいのっ！　ねぇねぇ良いでしょ？　私、メレディス兄さんの作ったバームクーヘンが食べたいの！」

「はぁ、仕方ないなぁ……。上手く焼けなくても文句言うなよ？」

「わぁい、ありがとう兄さん、だーい好きっ！」

「ほんと、おまえって調子良いよな」

迷惑そうな顔をしながらも、次第に私に構ってくれるようになった。その代わり、メレディス兄さんは私のことをわがままな子だと思うようになったと思う。

だけど……良いんだ。だって私のわがままに困った顔をしながらも、メレディス兄さんが少しだけ笑うようになってくれた。兄さんが笑ってくれるなら、私は困った妹で構わない。

いつかはお互い政略結婚で別々の家に行くことになると思うけど、それまでは一緒に楽しく過ごそうね、メレディス兄さん。


それから少し月日が流れて、ランドル兄さんが当主に選ばれた。

私達の結婚は、ランドル兄さんが自分の地位をたしかなものにするために使われる。だから、メレディス兄さんとの幸せな時間もこれでお終い。

寂しいけど、ずっと前から分かっていたことだからと諦めるつもりでいた。

だけど――

「え、家を出て行く……の？」

「実質の追放処分だけどな」

メレディス兄さんの言葉に衝撃を受けた。お互いが別々の家に出されるのなら、離ればなれになるしかないと思ってた。けど、兄さんが家を出るのなら話は別だ。

私は書き置きだけを残して家出して、メレディス兄さんの後を追い掛けた。

「兄さん兄さん兄さんっ！」

「エリス、おまえどうしてここに!?」

「えへっ。政略結婚が嫌だから家出しちゃった」

「……は？」

「だから兄さん、私を養って！」

「………………は？」

兄さんがいままでみたことのない惚《ほう》けた顔をする。

最初は難色を示した兄さんだけど「兄さんは私がどこかのエロ親父の慰み者にされても平気なの？」って泣きついたら最終的には折れてくれた。

なんだかんだ言って、兄さんって昔から私に甘いよね。兄さんも、私と一緒にいると楽しいって思ってくれてるのかな？　もしそうだったら……嬉しいな。

とにもかくにも兄さんと私は旅をして、やがて行き着いた小さな町で、ダンジョンに潜って魔物を狩る冒険者としての暮らしを始める。

貴族としての教育課程で兄さんは剣術を、私は魔術を習っていた。だから、魔物を狩るお仕事なんて簡単だと思っていたけど、やってみるとこれが凄く大変だった。

訓練と実戦がいかに違うかを思い知らされた。

だけど……たぶん私達は才能があったんだと思う。

最初は低ランクの依頼をこなすのがやっとだったけど、徐々に高ランクの依頼をこなせるようになり、冒険者として安定した暮らしを手に入れることが出来た。

「えへへ、兄さん兄さん。今日も魔石が一杯だね！」

「ああ。でも、俺の剣じゃあんなに早く倒せない。エリスの攻撃魔術のおかげだな」

「兄さんが敵を引きつけてくれるからだよ」

「そっか。なら、俺達は意外と相性が良いのかもしれないな」

兄さんが笑みを浮かべる。もちろん、戦いのパートナーとしての話だって分かってたけど、私は嬉しくなって兄さんに抱きついた。

兄さんは相変わらず迷惑そうな顔をしてたけど、以前よりずっと明るくなったよね。

だけど……うぅん、だからこそ、かな。私は調子に乗っちゃったんだと思う。ある日、もう少し生活を良くしたいと考えた私は、兄さんにこんなお願いをした。

「ねぇねぇ兄さん。私が石鹸を作るから、シャンプーとリンスを作って！」

「……はあ？」

「だ か ら、シャンプーとリンスだよ！　ほら、平民が使うのって、貴族が使ってるのより品質がだいぶ落ちるでしょ？　だから、もっと使いやすくて、しかも安いの、作っちゃおうよ」

「作っちゃおうって……そんな軽く」

兄さんには呆れられたけど、私には勝算があった。貴族令嬢として暮らしていた頃から生活用品には不満を抱えていて、なんとか出来ないかなって色々と調べていたからだ。

あの頃は研究する資金や環境はあっても、素材に対する知識が圧倒的に足りてなかった。けど、いまの私は違う。冒険者として暮らす私は、魔物からどういう素材が入手出来るのかとか、平民がどんな物を使っているのかとかを知っている。

貴族時代の研究成果といまの知識を併せれば、必ず新しい商品が作れるって思ったんだ。


その日からシャンプーやリンス、それに石鹸を開発する日々が始まった。その頃には冒険者として名が売れ始め、様々な人脈も手に入れていた。

それらの人脈を駆使して、私達は商品の開発を一気に加速させる。

いくつかの試作品が完成した頃には冒険者としてだけじゃなく、石鹸やシャンプーとリンス、美容品を作った人物としても有名になっていた。

朝起きて兄さんと出掛けて、他の冒険者が苦労するような魔物を次々に狩っていく。そして帰ってきたら一緒に生活用品の研究をして、一緒にご飯を食べて夜になったら眠る。

屋敷で暮らしていた頃は、こんな幸せな日々を送れるなんて思ってもいなかった。

幸せすぎて泣きそうになる。

メレディス兄さんに庇《かば》ってもらったあの日から、私達は本当の兄妹になった。だから、これからも妹で構わないって思ってた。

けど、これじゃ、もっともっと幸せになりたいって……思っちゃうよ。

私が兄さんを追い掛けてきた本当の理由を打ち明けたら、兄さんはどう思うのかな？　付き合いきれないって、私の側から離れていっちゃうのかな？

なんて、兄さんが私を捨てるはずないよね。最初は不安で言い出せなかったけど……いまなら兄さんを信じられる。だから家に帰ったら、兄さんに本当のことを打ち明けるね。

そんな風に決意して、兄さんの待つ家に帰る。

そうして私が目にしたのは——血だまりに倒れる兄さんだった。

「……兄、さん？　メレディス兄さん!?」

慌てて駆け寄って兄さんを抱き起こす。

身体はまだ温かい……けど、脈は残っていなかった。認めたくないのに、冒険者として培った知識が、兄さんは既に死んでいると訴えてくる。

「嘘、どうして？　兄さん、やだよぅ。兄さんっ！　兄さん！　どうして、どうしてこんなことにっ。うあああああぁぁあぁあああああっ！」

兄さんの亡骸《なきがら》を抱きしめて泣きじゃくった。

それから後のことはあまり覚えていない。悲鳴を聞きつけたご近所さんが人を呼んで、ほどなく駆けつけた冒険者仲間に保護された。

兄さんの遺体は他殺だった。兄さんの遺体を見て動揺した私は気付かなかったけど、周囲には兄さん以外にも複数人の遺体があって、全員に兄さんと争った跡があった。

兄さんは何者かに襲撃されて、襲撃者達を道連れにして亡くなったようだ。

悲しくて、兄さんを殺した誰かが憎くて、私は襲撃者達の身元を探ろうとした。

だけど、身元に繋がるようなものはなにも持っていなくて正体は不明。犯人が死んでいるため、町の警備の人達による捜査もあっさりと打ち切られた。

そして――冒険者仲間、それに商品の開発に携わる者達で兄さんを弔うことにした。

町の共同墓地に親しい仲間達が集まって、兄さんの死を悼んでくれている。それを理解した瞬間、兄さんがもうこの世のどこにもいないんだって思い知らされて泣き崩れた。

静かな共同墓地に嗚咽《おえつ》だけが響き渡る。

どれくらい泣いていただろう？　ようやく落ち着きを取り戻したころ、冒険者仲間の女性が私の元に歩み寄って来た。

「――エリス、さっきこんなものが届けられたんだけど」

困惑した顔で差し出されたのは花束。

涙でにじんだ視界にその花束を映した私も困惑する。

この世界には死者を悼んで花を贈るという風習がある。だけど――その花束は華やかな彩りで纏められていて、死者を悼むのではなくお祝いに贈るような花束だった。

「なによ……これ、どういうこと？」

たまたま、兄さんの死を知らなかった誰かが別件でお祝いの花を贈ってきた。

そんな可能性を考えて怒りを抑え込もうとする――けど、花束の中に隠されていたメッセージカードを見つけて視界が真っ赤に染まる。

『下賤《げせん》な血筋が途絶えることを心よりお祝い申し上げる』

メッセージ自体が喧嘩を売っている。

だがなにより重要なのは、下賤な血筋という言葉。

私やメレディス兄さんが貴族出身であることは、一部の者には知られていた。石鹸やシャンプーとリンスを開発して販売する過程で貴族と接触することもあったからだ。

だが、メレディス兄さんの母親が平民であることを知る者はそう多くない。なにより、母親が平民で妾だったとしても貴族の子には変わりない。平民からすれば高貴な血筋と表現しても、自分達と同じ平民の血が混じった貴族を下賤な血筋と表現するはずがない。

つまり、花束を贈ってきたのは――ランドル。

ランドルが黒幕だとすれば動機も見えてくる。私や兄さんは冒険者として成り上がり、商品の開発でも有名になっていた。そんな自分達のことを、一部の貴族は知っていた。

だけど、ランドルはメレディス兄さんを無能として追放した。

そんな兄さんが貴族の耳に届くほどの成功を収めている。それはつまり、メレディス兄さんを追放したランドルにこそ見る目がなかったのだという証明になる。

だから、ランドルは兄さんを殺した。自分の名誉を守るために兄さんを殺した。私のたった一人の大切な家族を殺した——許せない。

「私は、兄さんと一緒に楽しく過ごしたかっただけなのに……」

私が調子に乗って石鹼やシャンプーとリンスを開発しようなんて言わなければ良かったのかもしれない。私が間接的に兄さんを殺したのかもしれない。

だけど、一番悪いのがランドルであることに変わりはない。

だから——

「必ず……必ず、兄さんを殺した報いを受けさせてやる」


メレディス兄さんを失ったその日から私の復讐は始まった。

誰が兄さんを殺したのか、どうして兄さんを殺したのかは分かってる。

だけど——証拠がない。

花束とメッセージカードだけじゃ、ランドルがメレディス兄さんを殺した証拠になり得ない。私はそれまでの生活で手に入れた全てを使って証拠を掻き集めた。

その結果、貴族のあいだで兄さんや私の功績のことがちょっとした噂になっていたこと、それが原因で、とある夜会でランドルが恥を掻いたことを突き止めた。

見る目がないと揶揄《やゆ》されたランドルは、メレディス兄さんを殺すと荒れていたそうだ。

ほかにも領民に圧政を敷いている事実や、他領に謀略を仕掛けた疑惑も仕入れることが出来たけれど証拠は不十分で、貴族であるランドルを破滅させる決定打にはなり得ない。

だから、私はランドルと敵対するフィナー伯爵に接触した。

敵対——というと悪者みたいだけど、どちらかといえば善良な貴族。ランドルに謀略を仕掛けられたとおぼしき領地の一つだ。

私は自分の正体を明かし、フィナー伯爵に自分の集めた情報の全てを差し出した。

「この証拠を見る限り、メレディスくんを殺したのがランドルであることは間違いなさそうだが、彼を失脚させるほどの証拠にはなり得ないぞ?」

「ええ、もちろん分かっています。ですが……ランドルには様々な疑惑があります。そのうちのいくつかは、彼が物的証拠を持っているでしょう」

たとえば裏帳簿。処分してはつじつま合わせの段階で不都合が生じるため、犯罪の証拠になると分かっていても作らざるを得ない。

ほかにも、そういった物的証拠を残しているであろう犯罪の疑惑はいくつもある。

「それをどれか一つでも押さえることが出来れば——」

ランドルには様々な疑惑があるが、全て黒に近い灰色に留まっている。もしその一つが黒だと分かれば、ほかの全てが黒なのだと塗り替えることも可能だ。

そのとき、ランドルは確実に失脚する。

「なるほどな。たしかに決定的な証拠を一つ押さえれば、後はいかようにも出来よう。だが、その一つを押さえることがどれだけ大変なのか分かっているのか？」

「その点には一つ提案があります」

私は胸の前できゅっと拳を握り締め、ランドルを破滅させる計画を口にした。

「……まさか、本気で言っているのか？」

フィナー伯爵は手にしていた資料を取り落とした。それほど、私が口にした計画は無茶で、彼の常識を揺るがすようなものだったのだろう。

「冗談で、こんなことを言うとお思いですか？」

「……キミは、メレディスくんのためにそこまでするつもりなのか。だが、そんなことをしたとしても彼は喜ばないのではないか？」

「……関係ありません」

メレディス兄さんを殺したのはかつて兄と呼んだ男だった。だけど……ランドルにメレディス兄さんを殺させたのは私だ。

私が養って欲しいなんてお願いしなければ、冒険者として名をあげることはなかったし、私がシャンプーやリンスを作ってとお願いしなければ商人として名をあげることもなかった。

私が兄さんを有名にして、ランドルの不興を買ってしまった。

兄さんを間接的に殺したのは私。だから、せめて復讐をしなければ自分を許せない。これは兄さんのためじゃない。大切な人を奪われた小娘の、身勝手で個人的な復讐だ。

「エリス嬢にそこまでの覚悟があるというのなら、もはや止めることはない。私はキミの計画を利用するとしよう」

「……感謝いたしますわ」

久しくしていなかった、貴族としての振る舞いをもって最大級の感謝を示した。

その後、必要な段取りを決めて私は席を立つ。

「キミのような行動力のある女性にそこまで慕われていたメレディスくんは、よほど素晴らしい人間だったのだろうな」

「ええ、それはもう」

「……そうか。出来れば生前に会ってみたかったものだ」

「——っ。ありがとうございます」

ランドルに無能と追放された兄さん。

その兄さんが評価されて思わず泣きそうになる。

もう少し早く行動していたら、色々と変わっていたのかもしれない。兄さんは追放なんてされなくて、私は兄さんの側で笑ってる。そんな未来があったのかもしれない。

だけど……全ては遅すぎた。もう兄さんは、この世界のどこにもいない。

だから――


私は宵闇《よいやみ》に紛れてランドルが暮らす屋敷に忍び込んだ。

一流の冒険者を自負している私だけど、予定より早く警備の者に見つかってしまった。私が暮らしていた頃よりずっと警備が厳重で、上手くやり過ごすことが出来なかった。

「いたぞ、こっちだ！」

「……もぅ、いちいち相手をしてる時間なんてないって言うのに。死にたくない者は下がりなさい。じゃなきゃ容赦しないよ！」

口ではそう言ったけど、殺す気にはなれなかった。

私が育ったお屋敷で、知っている者達もたくさんいる。ランドルのやり方に反感を抱きつつも、先代から仕えている者達がいる。そんな忠臣達を、私の個人的な復讐で殺すわけにはいかない。

殺さないように細心の注意を払って無力化していった。

だけど――

「……くっ。行かせるかっ！」

「――え？」

無力化したと思っていた相手が背後から襲いかかってくる。私はそれに対処できなくて、脇腹に剣の一撃を受けてしまった。

「こっのぉっ！」

反射的に放った魔術が警備兵の命を刈り取った。忠実に仕事をこなしているだけの罪のない警備兵の命を奪ったことに動揺する。

だけど、脇腹の痛みが酷くなり、そんなことを考える余裕は一瞬で消し飛んだ。不意打ちで喰らった傷は、私が思っていた以上に深いようだ。

「……くっ。あぁ……痛い、なぁ……」

壁により掛かって脇腹を押さえると、血で真っ赤に濡れていた。

早く止血しないと私は死んでしまう。けれど、廊下の向こうからは新たな敵がやって来る。歯を食いしばって痛みに耐え、復讐の邪魔をする者達を魔術で情け容赦なく――撃ち抜いた。

そして――

「……ようやく報告に来たか。賊とやらは退治できたのだろうな？」

執務室へ乗り込むと、ランドルはこちらを見ることもなくそんなことを言った。どうやら、使用人が報告に来たと思い込んでいるらしい。

「残念だけど、賊ならここにいるよ」

「なんだと？　おまえはエリス――っ!?」

ランドルが席を立った瞬間、右肩を魔術で撃ち抜いた。痛みと衝撃でランドルが床の上に転がる。

私はそんな彼のもとにゆっくりと歩み寄った。

「うく……っ。ど、どうしておまえがここにいる!?」

「どうして？　それはあなたが良く分かってるんじゃない？」

「……な、なんのことか分からない」

「とぼけないで。嘘を吐くつもりならせめて、視線くらいは誤魔化した方がいいよ」

右上に視線を動かしたランドルの片足を魔術で打ち抜いた。

悲鳴が執務室にこだまする。

「ぐあああっ！　や、ややっやめろ！　分かった、メレディスのことだな！　た、たしかに俺が殺すように命令した！」

「……なんで？　どうしてそんな命令をしたの？」

「し、仕方ないだろ！　あいつが名声を得たせいで、俺の面目は丸つぶれだ！　貴族としての威厳を維持するには、あいつを殺すしかなかったんだ！」

こんな自分勝手な理由で兄さんを奪われたんだと思うと泣きたくなる。私は血が出るくらい唇を噛んで、ランドルのまだ無事な方の腕も打ち抜いた。

「ぎゃああああああっ！　やめろっ！　こんなことをしてどうなるか分かっているのか!?　おまえ

はいまやただの平民、それが貴族を襲撃してるんだぞ！」

「そんなの関係ないよ」

「か、関係ない、だと？」

「あなたがメレディス兄さんを襲撃した状況証拠はある。あなたが夜会で叫んだ内容なんかを纏めて、とある貴族に渡したの」

「そ、それがどうした？　決定的な証拠は見つからなかったはずだ。その程度の状況証拠で、この俺を失脚させられると思っているのか！」

「出来ないでしょうね。だから――」

私は廊下を走る足音を耳にして身構えた。

その直後、見覚えのある執事が部屋に飛び込んでくる。

「大変です、旦那様――旦那様にエリス様!?」

私の前に倒れ伏すランドルを見て、執事は顔色を変えた。

「こいつが賊だ！　いますぐ助けを呼んでこい！」

「ダメだよ。あなたが部屋を出た瞬間、私はランドルを殺すよ」

執事が反応を見せるより早く、私は魔術でシステムデスクを打ち抜いた。その威力を目の当たりにしたランドルが息を呑み、執事はその身を硬直させる。

「……分かったら、私の指示に従いなさい」

「そ、それは……」

「従わなければ、ランドルを殺すよ」

執事はゴクリと生唾を飲み込んだ。それから無残な姿になったシステムデスクをちらりと目にすると、「かしこまりました」と頷く。

「それじゃ、なにが大変なのか報告してくれるかな」

「――そんなの、おまえのことに決まっているだろう！」

ランドルが声を荒らげるが、執事はいいえと首を横に振った。

「いまこの屋敷に、フィナー伯爵が騎士を伴って参りました」

「なに？　もしや逆賊エリスを捕まえに来たのか!?」

この状況でそんな風に考えられるなんて、おめでたい思考をしているね。思わず笑い出しそうになるけど、私はそれを我慢して報告を続けさせた。

「た、たしかにフィナー伯爵はこの屋敷に忍び込んだ逆賊を捕まえに来たとおっしゃいました。ただ、騒ぎに乗じて屋敷に押し入ると、隠し部屋を見つけて中に……っ」

「な、なんだとっ!?　馬鹿な、あそこになにがあるか分かっているのか!?」

ランドルの顔色が変わった。その隠し部屋に不正などの証拠を保管してあるのだろう。これで、ランドルは間違いなく破滅する。

「き、貴様！　エリス！　これはおまえの差し金か！」

「もちろん、私の差し金だよ」

フィナー伯爵には、あらかじめランドルが証拠を隠しそうな場所を伝えてあった。実際に証拠を見つけてくれるかは賭けだったけど、これで私の目標は達せられた。

「フィナー伯爵には、兄さんの開発したシャンプーとリンスの量産、販売も委託している。もうすぐ、貴族達のあいだに兄さんの名声が轟《とどろ》くよ。そうしたら、あなたはどうなるのかな」

様々な疑惑は限りなく黒になり、いくつかは確実に黒。そして、無能と追放した相手は貴族達に名を轟かす。ランドルの名前は地に落ちるだろう。

それが分かったのだろう。ランドルの顔が絶望に染まった。

「な、なにが望みだ？」

「私の望み？」

「そうだ。俺の権力を使っておまえの望みを叶えてやる！　だから、それで今回の件は手打ちにしよう！　どうだ、良い考えだろ！」

「……だったら、メレディス兄さんを生き返らせて」

ランドルが絶句するが、私は感情にまかせて捲し立てる。

「兄さんと二人で暮らせればそれで良かったのに、あなたが私の幸せをめちゃくちゃにした。返して！　メレディス兄さんを返して、いますぐに！」

私は感情にまかせて捲し立て、魔術でランドルの無事な足を打ち抜く。

「いだいっ、いだいっ！　やめろ！　やめてくれぇっ！」

「……やめろ？　後悔するくらいなら、メレディス兄さんを殺さなければ良かったんだよ。いまさらやめろなんて……無理に決まってるじゃない！」

私はランドルの心臓を指差した。

その意味を理解したランドルの表情が絶望に染まりゆく。

「……ま、まさか、俺を殺すつもりなのか!?」

私は応えない。代わりに魔力をゆっくりと練り上げて、ランドルに絶望を与える。

「ま、待て！　殺したらそれで終わりではないか！　なんのために俺を失脚させた！」

「もちろん、絶望させるためだよ」

本当なら失脚させた後、絶望のどん底に落ちるのを待ってから復讐を成し遂げたかった。けれど、それはもはや不可能だ。

だから、失脚が確定した絶望とともに終わらせる。

いまは追い詰めているけどランドルは油断ならない。有力な貴族であることには変わりないし、ここで見逃せばいつか巻き返すかもしれない。

そんな可能性は、わずかだって残してあげない。

「お、俺はお前の兄なんだぞ！」

「なにを言ってるの？　メレディス兄さんならともかく、あなたを兄だなんて思ったこと、ただの一度だってないよ」

「……っ。待て、分かった！　謝罪する。俺が悪かった！　だから――」

「さようなら。あの世でメレディス兄さんに詫びなさい」

恐怖に歪むランドルの顔を目に焼き付けて、私は復讐を完遂させた。


動かなくなったランドルから目を離し、悲しげな顔をした執事へと目を向けた。

「……どうして、途中で止めようとしなかったの？」

「話のやりとりから、おおよその事情を察したからです。いつか、このようなことになるのではと予想しておりました。旦那様は少し感情に走るきらいがありましたから」

「……そう」

執事のやるせない表情を見て、ランドルのやり方に疑問を抱いていたのだと理解する。

「色々大変だと思うけど、フィナー伯爵が上手く取り計らってくれるはずだよ。領民も圧政から解放されて感謝するんじゃないかな」

「そう、ですか……あなたは復讐に囚われても、その本質は変わっていないのですね」

執事が悲しげな顔で頭を振る。私はなにか言おうと口を開いたけれど、そこからあふれたのは言葉じゃなくて真っ赤な血だった。

「エリスお嬢様!?」

「……ちょっと油断したの。この屋敷の警備兵達は優秀だね」

「ふざけている場合ですか！　すぐに手当てを！」

執事が駆け寄ってくるけれど、私はそれを拒絶した。

「いいの。私の復讐は終わったから、もういいの」

「ですが……」

「兄さんのいない世界に未練はないよ」

私はそう言って、ふらつく身体に鞭を打って歩き始めた。

「エリスお嬢様……どこへ？」

「死に場所くらいは選びたいかな、って」

ランドルと同じ部屋で死ぬなんて悲しすぎる。

せめて最期くらいは、兄さんとの思い出がある場所で迎えたい。

「……もう、どうにもならないのですね。私になにか出来ることはありますか？」

「じゃあ、フィナー伯爵に予定通り私をランドルの共犯者として裁くように伝えて。それで、ランドルの罪は確実になるから」

私はランドルの命令でメレディス兄さんを裏切った。けれど、それに対する報酬が支払われなくて、怒った私は雇い主であるランドルを殺した。

物語としては三流も良いところだけど、現実にはそれくらいの方が分かりやすい。

「いや、それには及ばない」

不意に第三者の声が響いた。

もう他人の気配に気付かないほど自分が弱っていることを自覚しながらも視線を向けると、そこには騎士を率いたフィナー伯爵がいた。

「内通者である賊は既にこちらで断罪しておいた」

「……それは」

私ではなく、架空の罪人を仕立て上げたと言うこと。

でも、それだけじゃ証拠としては弱いはずだ。

「心配するな。ランドルの名は確実に地に落ちる。それだけの証拠を掴んだ」

「……そう、ですか」

安堵して倒れそうになるけど、私は最後の力を振り絞って踏みとどまった。

「エリス嬢のおかげで、我が領地の雪辱を果たすことが出来た。なにか望みはあるか？」

「もし可能なら、私の遺体は兄さんと同じお墓に埋めてくれると嬉しいです」

フィナー伯爵は怪訝な顔をして、私の脇腹を見て痛ましげな顔をした。

「……必ずそのようにしよう。我が家名に懸けて誓う」

「ありがとう」

私はフィナー伯爵の横を通って部屋を後にした。

血を失いすぎたんだろう。視界が霞んで感覚がなくなってくる。歩くのも億劫《おっくう》だけど、それでも私は夜の廊下を必死に歩き続けた。

「はぁ……はぁ……っ。もう、少し、あと少しだけ」

必死に歩いてたどり着いたのは中庭。兄さんと初めて出会い、一緒に過ごした思い出の場所。

私はよたよたと歩み寄り、兄さんがよく座っていた木陰にへたり込んだ。

脇腹から溢《あふ》れた血が、スカートを真っ赤に染め上げていた。だけど、もう私にはそれを不快に思う感覚も残っていない。

「……兄さん、ごめんね」

周囲が見えなくなって、意識が遠くなっていく。そんな私の目の前に、メレディス兄さんの姿が浮かび上がった。私は兄さんに向かって必死に手を伸ばす。

兄さんは、いつもと同じように困ったように笑ってる。

ごめん、ごめんね。

恨んでる、かな？　恨まれて当然だよね。

私がいなければ、ランドルに虐められることもなかったよね。屋敷を追放されることもなければ、暗殺されることだってなかったよね。

私が纏わり付かなければ、兄さんはきっと普通の人生を送っていたはずだよね。

でも……だけど、ごめん。

もう一度やり直せたとしても、私はきっと兄さんに纏わり付くよ。もちろん、ランドルになんて負けない。次はきっと兄さんを護ってみせる。

だって、私は…………わた、し……は…………

私――フィオナ・アストリーが前世の記憶を取り戻したのは、クリス・ウィスタリアのデビュタントで、バームクーヘンを食べたときだった。

料理人が作るような完成された味じゃないけれど、この優しい味はメレディス兄さんが作ってくれたバームクーヘンそのものだ。

それになにより、フィオナとして生を享けてからの私がバームクーヘンを食べるのは初めてだし、周囲の者達にもバームクーヘンを知る者はいなかった。

だから私は思い切って、バームクーヘンを作ったのが誰かクリスさんに尋ねた。

デビュタントの主役はクリスさんで、彼女の発表したお菓子なのに、誰が作ったのか尋ねるなんて、後から考えれば失礼だったと思う。

だけど、彼女は少し驚いた顔をした後、アレンという弟が作ったのだと誇らしげに笑った。

アレン……その人がメレディス兄さんなのかな？　分からない。

けど、もしもアレンが兄さんなら、自分がエリスであることを打ち明けよう。

そして、もしも兄さんが私を憎んでいるのなら、それを甘んじて受け入れる。でも、だけど、もし、もしも兄さんが私を恨んでいないのなら今度こそ。

そんな覚悟を秘めてアレンにお見合いを申し込んだ。

そして……


「エリス……なのか？」

「そうだよ、久しぶりだね、兄さん」

やっぱり、アレンがメレディス兄さんだった。その事実に私は歓喜して、だけど同時に凄く凄く不安になる。兄さんが私を恨んでるかもしれないって。

だから――

「いいんだよ？」

「い、いいって、なにが？」

「エロ爺の慰み者になるくらいなら、兄さんに抱かれた方がマシだもの。どうせ跡継ぎは必要だし、ときどきならこの身体、好きにしても良いよ？」

もし私を恨んでるのなら、この身をむちゃくちゃにされたって構わない。エロ爺の慰み者にされるのを望むのなら、私はそれを受け入れる。

そんな内心はひた隠しにして、政略結婚のためにならなんでもすると提案した。

「ねぇ、兄さん。真面目な話、私がエロ爺の慰み者になっても平気なの？」

「それは……あんまり平気じゃないけど」

そのときの私の気持ちは言葉なんかじゃ言い表せない。

兄さんは私を恨んでなんていなかった。それどころか、私が不幸になるのは平気じゃないって、そう言ってくれた。嬉しくて、嬉しすぎて、涙があふれそうになる。

だから私は、兄さんが望まないのならいつだって破棄できる、だけど兄さんが望んでくれるのなら……そんな想いを込めて仮の婚約を持ちかけた。

「……分かった。時間稼ぎで婚約してやる」

「わぁい、ありがとう兄さん、だーいすきっ！」

書き下ろし　淡い想いはかくして昇華する

幼少期のクリスは神童と噂されるほど聡《さと》い子供だった。

将来は好きな人と結ばれたいとか、お父様の跡を継いで立派な当主になりたいといった子供らしい夢を持ち合わせてはいたが、同時に決して叶えられぬ夢であることも理解していた。

自分は男爵家の次女でしかないから、と。

そんな彼女の運命を変えたのは、ウィスタリア伯爵が開催したパーティーだった。

中庭が会場の気軽な立食パーティーで、参加者は古くからウィスタリア伯爵家と付き合いのある者か、親戚筋の者ばかり。

それゆえ、子供を連れてきている参加者も少なくはない。あわよくば有力な貴族家の子供と縁談を取り付ける。それが無理でも子供同士で縁を結ばせるためだ。

まだ未成年のクリスが連れてこられたのもそんな理由だった。

けれど、ウィスタリア伯爵家の長男の周りに集まるのは、アストリー侯爵家にグライド侯爵家、アルノルト伯爵家にオーウェル子爵家と、有力貴族の子供ばかりだった。

あの輪に割って入っても邪険にされるだけ。そんな判断を下したクリスは子供達の輪に入ることもなく、中庭の花を愛でながらのんびりとした時間を過ごしていた。

けれど、子供にとってはあまりに広い庭園がクリスを道に迷わせる。歩き疲れてしまったクリスは、不意に足をもつれさせてしまった。

けれど、転ぶなんて貴族令嬢にあるまじき失態だ。ドレスを汚してしまえばなにがあったかは誰の目にも明らかで、クリスの評価、延《ひ》いては実家の評価を下げることにもなりかねない。

どうしよう、どうすれば良いと引き延ばされた時間の中で必死に足掻く。けれど疲れ切った足は動かなくて、クリスは顔から地面にダイブ——する寸前、後ろから腰をぎゅっと抱き留められた。

「——ひゃぁっ」

驚いたクリスが年相応の可愛らしい声を上げる。

「うわわっ、ご、ごめんなさい」

直後、慌てた声が響いてクリスの腰からするりと腕が抜ける。再び重力に引かれたクリスは、寸前のところで踏みとどまった。

急展開に驚くクリスは、ひとまず声のする方へと顔を向けた。そこには女の子と見紛《みまご》うような男の子が、顔を真っ赤にして突っ立っていた。

「あ、あのあの、別に僕はキミを襲おうとしたわけじゃなくて、キミが倒れそうだったから、その助けようとしただけで……えっと」

「あ、いえ……。その、分かっています。助けてくださってありがとうございます」

少年の襟首に輝くボタンがウィスタリア伯爵家の紋章であることに気付き、優雅な仕草でスカートの縁を摘まんで頭を下げる。けれどその内心は、醜態を晒してしまった焦りで一杯だ。

「うぅん、間に合って良かったよ」

少年は気分を害しては居ないようだ。屈託ない笑顔からそう判断したクリスは小さな安堵の息を吐いた。それから少年に向かってふわりと微笑む。

「本当に助かりました。……でも、どうして間に合ったんですか？」

躓《つまず》いたクリスを背後から助けるなんて、それこそ張り付いてでも居なければ不可能だ。

「そこに分かりにくい段差があるから、ひょっとしてって思ったんだ」

言われてみると、クリスが躓いたあたりの芝がわずかに隆起している。その段差に躓くと予測して助けてくれたようだ。少年の予測能力と行動力に驚かされる。

それと同時、先ほど抱き留められた腰が熱を帯びているような感覚を抱く。もう少し話してみたいと、少年に興味を抱くが――

「えっと……それじゃ、僕はもう行くね。それとパーティー会場は向こうだよ」

少年は早口で捲し立てると、指を差したのとは反対の方へと走り去ってしまった。クリスは思わずその少年の後ろ姿を目で追ってしまう。

だけど、彼が視界から消えることで我に返り、少年が指差した方へと歩き始める。

「……あれ？　そう言えばあの子、どうしてパーティー会場の場所を教えてくれたのかしら？」

クリスが迷子であることに気付かなければ出てこない言葉だ。そのことに思い至ったクリスはもう一度驚いて、少年の正体に思いを巡らせながらパーティー会場へと戻った。


その後、クリスは両親と共にウィスタリア伯爵に挨拶する機会を得る。若干の緊張を覚えながら、ウィスタリア伯爵家当主、ヴィクターに向かってカーテシーをした。

「お初にお目に掛かります、ウィスタリア伯爵。わたくしはクリス・リムルと申します」

「ふむ、なかなかしっかりした娘のようだな」

値踏みするようなぶしつけな視線が飛んでくる。その圧力に気圧されて逃げ出したくなるが、クリスは小さな手をぎゅっと握り締めて踏みとどまった。

彼にどうしても聞いておきたいことがあったからだ。

「あの、ウィスタリア伯爵に伺いたいことがあるのですが、よろしいでしょうか？」

「これ、クリス。いきなりなにを言い出すのだ」

予定にない言葉に父親が慌てるが、他でもないヴィクターが構わぬと続きを促してきた。クリスは感謝の言葉を述べた後、迷子になっていたところを少年に助けられたことを話す。

「ウィスタリア伯爵家の紋章を襟につけていらしたのですが……名前を伺うまもなく、立ち去られてしまったので、ろくにお礼も言えなかったのです」

「……ふむ、それはおそらく次男のアレンだろうな」

「アレン様……ですか。では、お礼のお手紙をお送りさせていただいてもよろしいですか？」

クリスが何気なく口にした瞬間、ヴィクターが目を細めた。たったそれだけのことなのに、クリスは周囲の温度が下がったような錯覚を抱く。

「なにゆえ手紙を送るという発想に至ったのだ？」

「え？　それは……」

先ほど口にした通り、ちゃんとお礼を言えなかったから。そう口にしようとしたクリスだが、そもそも自分がここに連れてこられた理由から質問の意図を理解した。

「わたくしとアレン様では分不相応なことは理解しています。ですから他意はありません。ただ、お礼の気持ちを手紙にしたためたいだけです」

アレンと縁を繋ぐために両親に唆《そその》かされた訳ではない。そんなニュアンスを込めて、クリスはただお礼を言いたいだけだと口にした。それに対してヴィクターは軽く目を見張る。

「……なるほど、たしかにアレンには分不相応だ」

ヴィクターの言葉に胸がズキリと痛んだ。クリスはこのとき初めて、アレンに対してほのかな好意を抱いていることを自覚する。

だから――

「リムル男爵よ、そなたの娘はずいぶんと聡いようだ。次期当主候補として、クリスをウィスタリア伯爵家の養子に出すつもりはあるか？」

ヴィクターの口から紡がれた言葉にクリスは酷く混乱した。

リムル男爵家の次女ではアレンと釣り合わない。ウィスタリア伯爵家の養子になれば身分は対等になるが、今度は義理とはいえ姉弟になってしまう。

けれど、葛藤する必要はなかった。クリスの行く末を決めるのは彼女自身ではなくその父親。クリスはこの後、クリス・ウィスタリアと名乗ることとなった。


ウィスタリア伯爵の養子になったクリスだが、決して順風満帆とは行かなかった。

クリスが次期当主候補として養子にされたことは公然の秘密で、次期当主の座を狙っているロイドに敵視されてしまったからだ。

それに、アレンともろくに話すことが出来なかった。

恋心というにはあまりに淡い想いだが、アレンに対して好意を抱いた。それを自覚すると同時に義理の姉弟となってしまい、アレンとどう接したら良いか分からなかったからだ。

月日は流れ、気がつけば十六歳のデビュタントも目前に迫っていた。そんなある日、ヴィクターに呼び出され、次期当主候補として相応しいか試験をすると告げられる。

この試験で勝ち上がることが出来れば、子供の頃の無邪気な夢を現実の物とすることが出来るかもしれない――とクリスはその可能性に思い至る。

クリスは本気で次期当主の座を手に入れるための一歩を踏み出した。

けれど、ライバルの一人はアレン。自分が勝ち上がるためには彼をも蹴落とさなくてはいけない。

そう理解しつつも、かつて自分を助けてくれたアレンのことが気になってしまう。

「あなたのデビュタントがどうなっているか様子を見に来てあげたのよ。噂で聞いたけど、あなたは一人で準備をしているのでしょ？」

「もしかして、俺の心配をしてくれてるのか？」

「馬鹿言わないで。あまりお粗末なデビュタントをされたら、ウィスタリア伯爵家の名に傷がつくじゃない。あたしはそれを心配してるだけよ」

憎まれ口を叩きながら、招待状はちゃんと送ったかとか、料理や音楽の手配は出来ているのかとか、食器は相応しい物を用意できているかと確認する。

この頃のアレンはロイドに虐げられていて、以前のような頼もしさは残っていなかった。クリスの中にくすぶっていた憧れは鳴りをひそめ、代わりに手間の掛かる弟のように思い始めた。

自分が当主になって、アレンを側で護ってあげようと考える。

けれど――

「お嬢様の開発したのと同じ魔導具を、ロイド様が公表なさいました」

相談役兼お目付役のカレンの報告にクリスは目眩を覚えた。デビュタントのキモとなる研究をロイドに盗まれてしまったからだ。

ヴィクターに抗議するが、情報を漏洩させたおまえが悪いと突き放されてしまう。最初からその手の妨害行為も試験に織り込み済みだったのだ。

部屋に戻ったクリスは、カレンへと視線を向けた。

「……もしかして、あなたはこうなることを知っていたの？」

「私は……」

言葉を濁したカレンの表情から全てを察する。どうして教えてくれなかったのかと、喉元まで込み上げた言葉はけれど寸前で呑み込んだ。

カレンは相談役であると同時にお目付役である。クリスが相談したことには応えてくれるが、クリスが思い至らなかったことを補う立場にはない。

だが――思い返してみれば、カレンはそれとなく注意を促していた。それを軽く受け流してしまっていたのはクリス自身だ。

「ごめんなさい、馬鹿なことを聞いたわ」

「……お嬢様」

「ごめん、いまは一人にして」

カレンを部屋から追い出して、ベッドの上で膝を抱えて嗚咽を漏らす。どれだけ後悔しても取り返しが付かない状況。クリスは自分が早々に敗北したことを理解した。

——けれど、そこにアレンが現れた。

手間の掛かる弟。そんな風に思い始めていた相手に慰められて、情けなくて恥ずかしくて、まともに顔を見ることが出来ない。

そんなクリスに、アレンは再び救いの手を差し伸べた。自分がデビュタントで発表するはずのバームクーヘン——本当に美味しくて、誰も知らないお菓子を使わせてくれるというのだ。

クリスは即座にダメだと拒絶した。アレンが自分のデビュタントを犠牲にしてまで救おうとしてくれていると思ったからだ。

けれど、アレンは自分のデビュタントでは別のなにかを発表すると言う。それが事実なら、救いの手を払う理由はない。……それが事実なら。

事実かどうか迷ったクリスは躊躇うが、結局はアレンに押し切られる形でその手を取った。

デビュタント当日。

クリスが手ずから準備したパーティーは順調な滑り出しを見せる。他所のパーティーに参加した経験を生かした、細やかな気遣いにあふれるデビュタント。

そして極めつきのバームクーヘン。

まったりとした味わいに不思議な食感。その珍しいお菓子に誰もが目を見開いて、ウィスタリア伯爵家の次期当主に相応しい才覚だと彼女を褒め称える。

参加していたロイドの冷笑がやがて驚愕、そして悔しまみれの怒りへと変わっていた。自分を陥れた相手への華麗なる意趣返し。けれどクリスの心は晴れない。

皆が評価すればするほど、その称賛が本来向けられるべきなのはアレンなのにという思いが強くなっていく。本当にこれで良かったのか、アレンは自分のデビュタントでちゃんと別の発表をすることが出来るのかと不安が募っていく。

心を曇らせながらも、クリスは話しかけてくる貴族達に笑顔で応じた。

だけど——

「このバームクーヘンは誰が作ったんですか？」

アストリー侯爵家の娘、フィオナと二人で話していたときのことだ。彼女は全てを見透かしているかのように、そんな質問を投げかけてきた。

自分が料理人に作らせたとそつなく答えるのが模範解答。

けれどクリスの口は動かなかった。唇をきゅっと噛んで、どうするべきなのかを考える。そうしたら「アレンが——弟が作ったんです」との言葉が自然と口を突いた。

クリスが自分で開発したと発表したお菓子が、ライバルであるはずの弟が開発したお菓子だった。それをこの場で認めるのは大問題だ。

フィオナが騒ぎ立てたらクリスの評価は大きく落ちることになるだろう。後から否定しても手遅れ。下手に疑惑を向けられるだけで、クリスの次期当主への道は一気に狭まるはずだ。

けれど、クリスの心は羽が生えたかのように軽くなった。

フィオナが誰かに話してもかまわない。むしろ、フィオナが話したらそれに乗っかり、アレンの評価を引き上げようと考える。

けれど、フィオナは何故かその事実を誰にも話さなかった。

フィオナの思惑は分からない。だが彼女が話さないのならその方が都合がいい。勢いで秘密を暴露してしまったクリスだが、冷静になったいまはそう判断する。

そうして最大限にバームクーヘンを売り込み、大盛況のうちにデビュタントを終えた。


クリスは日をおかずしてヴィクターに面会を求めた。デビュタントでの結果を踏まえてか、ヴィクターはすぐに執務室での面会に応じてくれる。

「クリスよ、素晴らしいデビュタントだった。そなたを養女としたのは正解だったようだな。ぜひバームクーヘンを売って欲しいという声が既に集まっているぞ」

ヴィクターは相当に機嫌が良いようだ。そんな彼の思惑から外れることを言わなくてはいけないことに胸を痛めつつも、クリスは申し訳ありませんと頭を下げた。

「その称賛は、あたしに向けられるものではなく、アレンに向けられるべきものです。あのバームクーヘンを開発したのはアレンなのですから」

「アレン……だと？」

「ええ、実は――」

研究成果を盗まれた件は報告してあったので、その件でアレンに救われたのだと打ち明ける。ヴィクターはバームクーヘンをアレンが作った物だと知らなかったようだ。

わずかに驚きの表情を見せると、小さく息を吐いた。

「事情は分かった。だが、今更そのようなことを言っても仕方があるまい」

ヴィクターの言うとおりだ。クリスの評価にはケチが付くだろうが、アレンの評価を上げるには効果が薄い。今更公表しても白々しく聞こえるだろう。

「それに、いまやアレンはそなたのライバルだ。あやつが何故そなたにバームクーヘンのレシピを手渡したのかは知らぬが、そなたまで敵に塩を送るつもりか？」

アレンの行動が甘いことを指摘しつつ、クリスまでが甘い対応をする必要はないと諭される。けれどそれに対する答えは、既に用意してあった。

「あたしは、アレンになら負けたってかまわないと思ったんです」

クリスの言わんとしていることに気付いたのだろう。ヴィクターが目を見開いた。けれど彼が止めるより先に、クリスはその続きを口にする。

「今日、このときをもって、あたしは次期当主候補の地位を放棄します。そして叶うのなら、あたしをアレンのもとへ行かせてください」

「アレンの下につく、というのか？」

「はい。あたしは、彼こそがウィスタリア伯爵家の次期当主に相応しいと考えます」

「アレンが……か」

ヴィクターが困惑する素振りを見せた。

ここ数年のアレンの行動を見ていればヴィクターの反応も無理はない。けれど、アレンは変わった。いや、かつてクリスを助けてくれたアレンへと戻った。

彼こそが当主に相応しいと、クリスは重ねて訴えかける。

「ふむ……話は分かった。だが、そなたはいまや時の人となっており、対してアレンはデビュタントを成功させられるかも分からぬ。わしがそなたが降りることを許すと思うのか？」

「あたしは、バームクーヘンの製法を漏らすつもりはありません。あれはアレンのものですから」

「……む」

ヴィクターが苦い顔をする。

バームクーヘンを求める声は高まっている。政治利用するのにいまより効果的なタイミングは存在しない。このタイミングを逃せばその損失は計り知れない。

だが、クリスは自分が開発したお菓子ではないからレシピを漏らさないと言った。

つまり、ヴィクターがレシピを手に入れるにはアレンに尋ねるしかない。バームクーヘンの開発をアレンの功績だと認めなければ、バームクーヘンのレシピは入手出来ないと言うことだ。

「あたしがアレンの下につくことを認めてくださるのなら口添えいたしますよ？」

「……ふっ。やはりそなたこそが、次期当主に相応しいと思うのだがな。だが……まあ、そなたの心をそこまで掴むあやつにも、当主としての才はある、ということか」

ヴィクターはため息を吐きながらも、クリスがアレンの下につくことを認めた。

その後、アレンのデビュタントを手伝うことになったクリスだが、当主の座を辞退したことは打ち明けたものの、アレンの下につくとは言い出せずにいた。

理由はなんてこともない。ただ、断られるのが怖かったからだ。

だからまずはバームクーヘンの一件での借りを返すという形でアレンに協力を申し出た。

「なるほど……なら、クリス姉さんが俺の味方をしてくれていると喧伝《けんでん》するためにも、様々なバームクーヘンのフレーバーを用意しよう」

それは、バームクーヘンを開発したクリスがアレンの下についたという喧伝。それはクリスの提案と同じ趣旨でありながら、様々な種類を用意するという点で上を行っている。

アレンジしたお菓子を複数用意していたことに驚きながらも、ふとした疑問を抱く。

「それは良いけど……本来はなにを発表するつもりだったの？　バームクーヘンの変わりを用意しているのでしょ？　それと上手く組み合わせた方が良いんじゃないかしら？」

「いやぁ……実は色々考えたんだけど上手くいかなくてさ」

「……はい？」

「だから、クリス姉さんが味方してくれて助かったよ」

クリスの提案がなければ、デビュタントは失敗も同然だったという意味。

「……もう、ばかなんだから」

そこまでして自分に手を差し伸べてくれたと感謝するよりも先に呆れてしまう。この優しくも危なっかしい弟には、自分が姉として側に居てあげなければと強く思うようになった。

だから、アレンがフィオナと婚約したと知ったときも、もしかしたら自分のせいでアレンが望まぬ婚約をさせられたのではと不安には思ったが、それ以外の感情はとくに抱かなかった。

なのに――

「……あの、さ。クリス姉さんは兄妹《きょうだい》で結婚って、どう思う？」

「ふぇっ!?　きょきょっ、姉弟《きょうだい》で結婚!?」

婚約の件をアレンに聞いたとき、そんな風に切り返されてクリスは取り乱した。

出会ったときに抱いた淡い想い。そして、アレンの婚約者ではなく、ウィスタリア伯爵家の養女として姉弟になると決められたときの複雑な感情が甦《よみがえ》る。

今頃になってどうしてとクリスは目を見開いた。

「……やっぱり驚くよな。肉体的には他人でも、精神的には家族として繋がってる。そんな二人が結婚するなんておかしいよな」

「そ、それは……えっと、ちちっ、血が繋がってないなら、問題ないいんじゃない、かしら？」

「え、そうかな？」

「す、少なくともっ、ああっあたしは問題ないって、その……思う、わよ？」

なにをばかなことを言っているのだと、冷静なもう一人の自分が苦言を呈する。アレンは婚約したのだ。貴族においての結婚とは義務であるが——それでも結婚には違いない。

最初から不和の種を蒔《ま》くようなマネは出来ない。そう思うのと同時に、最初でなければ——お互いの立場が固まった後でならとも考えてしまう。

姉であろうとしたクリスの胸がトクンと脈打った。そしてそれを自覚した瞬間、鼓動は少しずつ、少しずつ大きくなっていく。

アレンの口にした兄妹《きょうだい》が、前世の妹を指しているなんて気付かぬままに。

このとんでもない誤解が、やがてクリスの運命を大きく変えることになるのだが……それはいまよりもずっと、ずっと先の話である。

あとがき

新作『異世界姉妹と始める領地経営』の一巻を手に取って頂き、ありがとうございます。著者の緋色の雨でございます。

今作はタイトルを見ての通り、血の繋がらない姉妹との領地経営ものです。内容は全くの別物ですが、異世界姉妹というワードがタイトルに入った作品を出版するのは二度目だったりします。どれだけ姉妹ものが好きなんだよって話ですね。

ちなみに今作のヒロインはギャップ萌えを追求しています。ギャップ萌え、良いですよね。色々なジャンルの物語を書いていますが、高確率でギャップがある女の子を出している気がします。

そんなギャップを追求した異世界姉妹との領地経営、楽しんでいただけたら幸いです。

話はまったく変わりますが、私の作品『悪役令嬢の執事様』がラジオ番組内で声優さんに朗読されました。まったく予想していなくて、連絡をもらったときは本当に驚きました。

ドラマCDとかアニメ化とか、自分の生みだしたキャラに声を吹き込んでもらうという夢はもちろんあったんですが、ラジオで朗読とは完全に予想外でしたね。

しかも、書籍化していないどころか、その時点ではただの短編だったので更にびっくりです。あ言うのって、増刷を重ねるような人気作品が選ばれるんだと思ってました。

ただ、理由はなんであれ、自分が生みだしたキャラに、声優さんが声を当ててくれたのは事実で、なんというか感無量でした。たぶん、あの感動は一生忘れないですね。

いつかまた――と、これからも頑張っていきたいです。

ちなみに、そのラジオは「寺島惇太《てらしまじゅんた》と三澤紗千香《みさわさちか》の小説家になろうnavi」です。YouTubeなんかでバックナンバーを視聴することが可能なので、よかったら聞いてみてください。

最後に、この場をお借りして書籍化に関わったすべての方にお礼を申し上げます。

担当の古里様、前回に引き続き、書籍化作業が物凄くやりやすかったです。機会がありましたら、今後ともよろしくお願いします！

またイラストを担当してくださった椋本夏夜《くらもとかや》様、素敵なイラストありがとうございます。世界観というか、イラストの雰囲気を見てすぐにキャラが好きになりました。

その他、表紙のデザインや校正、出版に関わったすべての皆様。おかげさまで一巻を無事に送り出すことが出来ました。本当にありがとうございます。

それでは、また二巻でお会いできることを願って。

二〇一九年　九月　某日　緋色の雨

こんにちは！挿画担当・椋本です。
「異世界姉妹～」お手にとって
下さりありがとうございます♡

えー皆様、
残念なお姉さんは
お好きですか。
わたしは大好き
です!!
メインヒロインは
どうにもこうにも
フィオナ嬢なんですが…
姉萌え
＋
ふびん萌え
属性持ちとしては
推さざるを得ないんだ
クリス姉さん…!!
まあすでに
負け確定ぽい
わけですが。
（せめて闇落ち
とかしませんように…っ）

どうにか巻き返して
健闘してほしい
です…!!
ではではまた
次巻にてお会い
できますように～!!

◁秒でデレてしまったので
描く機会がなかったツン姉さん

アニメ
大好評放送中!!
私、能力は平均値でって言ったよね！
FUNA

日本の女子高生・海里《みさと》が、
異世界の子爵家長女（10歳）に転生!?
出来が良過ぎたために不自由だった海里は、
今度こそ平凡な人生を望むのだが……神様の手抜き（？）で、
魔力も人の6800倍という超人になってしまう！
普通の女の子になりたい
マイル《海里》の大活躍が始まる！
私、能力は平均値でって言ったよね！
God bless me?
FUNA
Illustration 亜方逸樹
①～⑫巻、大好評発売中！

EARTH STAR NOVEL

異世界姉妹と始める領地経営
婚約者が前世の妹で逃げられない

発行 ―――― 2019年10月17日　初版第1刷発行

著者 ―――― 緋色の雨

イラストレーター ―――― 椋本夏夜

装丁デザイン ―――― 舘山一大

発行者 ―――― 幕内和博

編集 ―――― 古里 学

発行所 ―――― 株式会社 アース・スター エンターテイメント
〒141-0021　東京都品川区上大崎 3-1-1
目黒セントラルスクエア　5F
TEL：03-5561-7630
FAX：03-5561-7632
https://www.es-novel.jp/

印刷・製本 ―――― 中央精版印刷株式会社

ISBN 978-4-8030-1348-1